消失的王冠寶石

柯南・道爾 著
内田庶 文
岡本正樹 圖
緋華璃 譯

新裝版 シャーロック・ホームズ (1)

マザリンの宝石事件

偵探福爾摩

頓車站
國王十字車站
大英博物館
托特納姆宮路
牛津街
鮑街警察法院
皮卡迪利圓環
柯芬園
滑鐵盧橋
特拉法加
廣場
政街
查令十字車站
倫敦警察廳
西敏橋
聖詹姆斯公園
白金漢宮
大本鐘
西敏寺
倫敦
泰晤士河

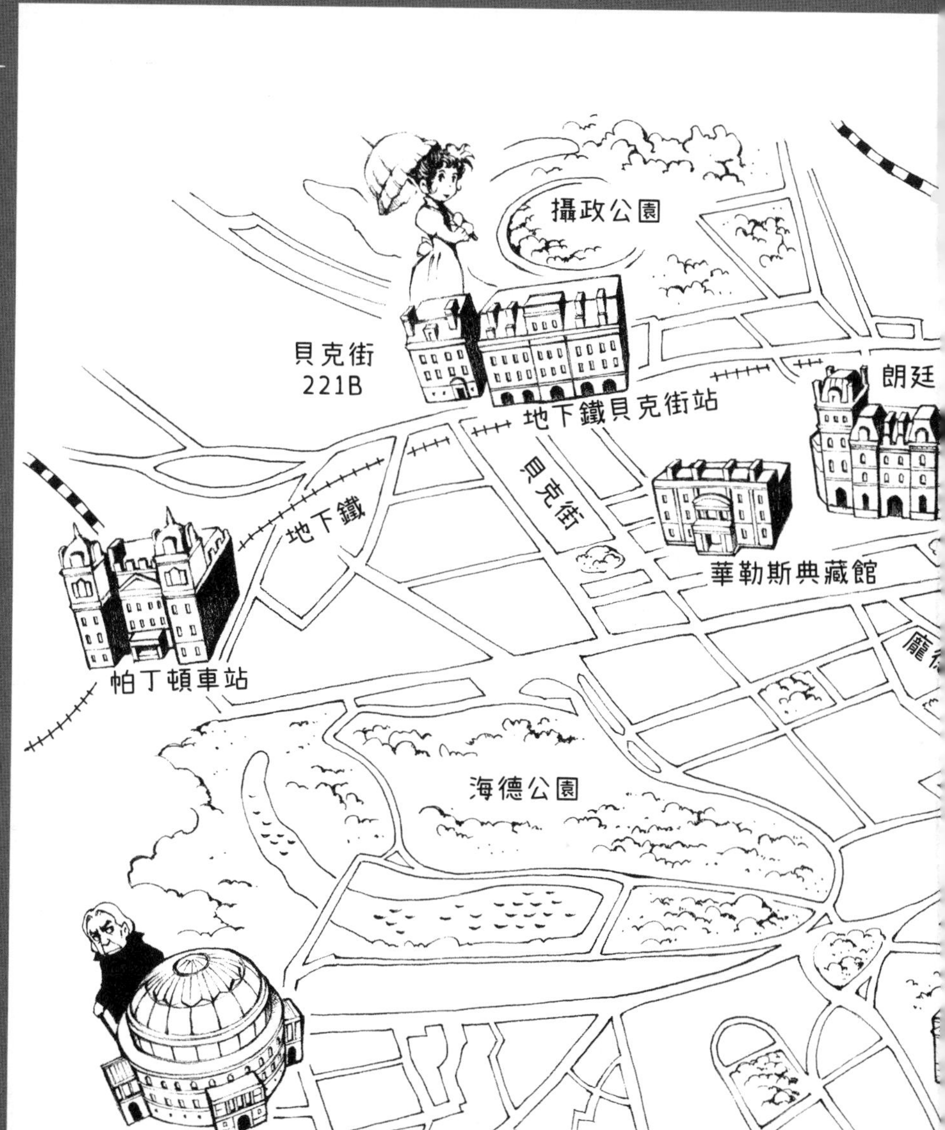
攝政公園
貝克街
221B
地下鐵貝克街站
朗廷
貝克街
地下鐵
華勒斯典藏館
帕丁頓車站
海德公園
阿爾伯特音樂廳
地下鐵
維多利亞
車站

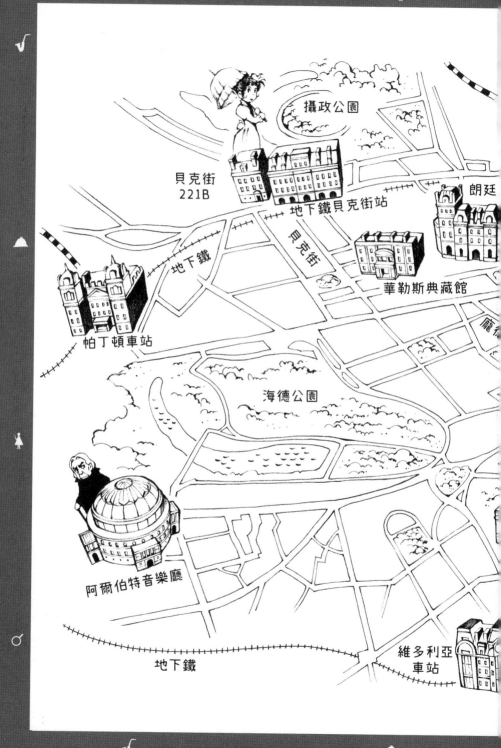

偵探
福爾摩斯

目次

第一話 尊貴的委託人

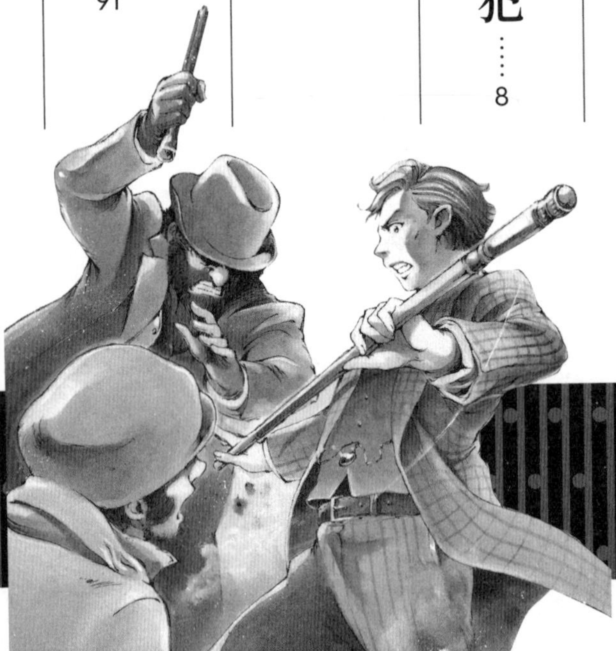

contents

第二話 消失的王冠寶石

第一話

尊貴的委託人

The Adventure of the Illustrious Client, 1925

奧地利的殺人犯

「事到如今，大概不會再給任何人添麻煩了。」

說起來，這段期間我至少求了福爾摩斯不下十次，希望他能讓我在接下來準備發表的作品裡面，寫下他大顯身手的事蹟。結果不知過了多少年，夏洛克·福爾摩斯才願意告訴我。

那次的事件在福爾摩斯身為偵探的活躍年代，算得上是非常特殊的案件，如今我總算能對外發表當時的過程了。

福爾摩斯和我都是三溫暖的熱愛者。每次洗完三溫暖，我們就會利用在休息室納涼的空檔咬著菸斗抽菸。洗完澡之後，整個人神清氣爽、通體舒暢，甚至還有點頭昏腦熱時，福爾摩斯的口風沒有平常那麼緊，人也變得健談許多。在我看來，也是福爾摩斯稍微像個普通人的時刻。

接下來要說的事件，發生在一九〇二年九月三日，當時我們相鄰著躺在兩張躺椅上。位於諾森伯蘭大道的三溫暖裡面，二樓有兩張並排的躺椅，因為與大馬路有段距離，算是一個比較安靜的場所。

我開口問福爾摩斯，最近有沒有發生什麼特別的事。

福爾摩斯沒有回話，只是不聲不響地用手來代替回答。他從蓋在身上的毛巾底下伸出細細長長、看起來有點神經質的手，朝向掛在旁邊的上衣口袋，取出一封信。

「目前還不知道，它是不是小事一樁，唯獨我本人大驚小怪？還是攸關生死的大事件？因為我也只有看見寫在信件上頭的內容。」

福爾摩斯這樣說道，同時把信遞給我。

定睛一看，信封印有卡爾頓俱樂部的名稱，日期是昨天晚上，我取出信紙進一步細看。

夏洛克．福爾摩斯閣下：

久仰大名，我是詹姆斯．達梅里爵士，雖然至今還無緣得以見面，但我從以前就對您十分尊敬。

事出突然，我有一件非常重要的事情，可以的話，想請您幫忙，也希望您能小心謹慎處理。明天下午四點半，我會去府上拜訪，請務必與我見面。

另外，若您能打電話到卡爾頓俱樂部告知方不方便見面，我將感激不盡。

「無需贅言，我已經告訴對方沒問題了，華生。」

福爾摩斯接過我還給他的信，反過來問我：

「你認識這個名叫達梅里的人嗎？」

「我只知道他在冠蓋雲集的社交界是無人不知、無人不曉的人物，僅此而已。」

「看來，反倒是我對這個人比較了解呢！聽說這傢伙在社交圈內專門幫忙處理不想鬧上新聞的麻煩事。你應該還記得吧？之前的哈馬福特遺書事件，當時這個人跟喬治．路易斯爵士之間，應該也是做了什麼不得了的交易。」

不等我回應，福爾摩斯又繼續說道：「此人身為貴族，擁有高明的交涉手腕，所以我預期他今天來找我商量的事情並不是大驚小怪，而是真的需要我們協助。」

「我們？」

「對呀，你願意幫忙嗎？華生。」

「當然，我很樂意助你一臂之力。」

「那我們等四點半再說吧。在那之前，可以先暫時忘掉這個問題。」

這陣子我住在安妮女王街，不與福爾摩斯同住。只有在委託人指定的時刻，才會前來令人懷念的貝克街。

四點半整，詹姆斯．達梅里爵士依約而至。

此人既是有名的爵士，也是有名的將軍，這點想必不用我再多做說明。他是個心胸開闊、正直的人；方頭大耳，鬍子刮得十分整齊。全身上下令人最難忘的，是他悅耳的聲音。

愛爾蘭裔特有的灰色雙眸閃爍著剛正不阿的光芒，笑口常開的嘴角散發出令對方心悅誠服的氣質。

這天，他戴著閃閃發光的絲質禮帽，穿著黑色的長大衣，繫著緞面的黑色領結，領結上還別著珍珠，紫色的綁腿包到腳踝，腳底下踩著擦得亮晶晶的皮鞋。原本就是以盛裝打扮聞名的大人物，今天的穿著更是無懈可擊。

打扮得如此正式，又是赫赫有名的貴族，突然紆尊降貴地出現在這裡，讓原本就不大的房間，顯得更侷促了。

達梅里爵士先是鄭重其事地低頭致意。

「沒想到華生博士也來啦！請福爾摩斯先生、華生博士務必助我一臂之力。這次的對手是個動不動就出手傷人、為達目的不擇手段的男人。放眼全歐洲，大概再也沒有比他更危險的人物。」

福爾摩斯莞爾一笑說：

「我過去也見過幾個如您所形容的人物。」

說完，福爾摩斯遞出香菸。

「請用……啊！您不抽菸嗎？那麼請恕我失禮，我自己抽了。倘若您口中的男人是比死去的莫里亞蒂教授，或是還活著的賽巴斯汀．莫蘭上校更危險的人物，確實很適合當我的對手。可以請教那傢伙叫什麼名字嗎？」

「您聽說過格魯納男爵這號人物嗎？」

「您說的是那個奧地利的殺人犯嗎？」

達梅里爵士舉起戴著皮手套的手，笑著說：

「您的消息果然很靈通呢！看樣子任何事都逃不過您的法眼。福爾摩斯先生，您也認為那傢伙是殺人犯吧？」

「仔細調查所有發生在歐洲的犯罪事件，也是我的工作之一。我相信只要看過布拉格那起案件的紀錄，應該十個人有十個都會相信是那個男人幹的。問題是，沒有一條法律能懲罰那傢伙，才讓他逍遙法外。再加上證人莫名其妙地死於非命，那個案件也就只好不了了之。」

福爾摩斯忍不住開始回述起那個案件：「那個男人的妻子在施布呂根隘口死於『出乎預料的意外』，但實情是格魯納男爵下的毒手。此事千真萬確，真切得就像是我親眼看到了案發現場。不僅如此，我也知道男爵在事件之後，來到了英國。不管怎樣，我已經做好心理準備，遲早得跟那個男人交手。」

話才說完，福爾摩斯立刻對著達梅里爵士提問：

「難不成是過去的命案在這裡引起問題了？還是格魯納男爵又幹了什麼壞事？」

「不，與那起命案無關，而是更嚴重的問題。雖然懲罰已經發生的犯罪很重要，但是防範未然更要緊。福爾摩斯先生，可怕到言語無法形容的事就要在眼前發生了。而且明知會落得什麼下場，卻只能眼睜睜地看事情發生，再也沒有比這個更窩囊、更丟人的事了。」

「這倒是。」

「聽您這麼說，您應該也會同情託我跑這一趟的人吧。」

「等等，您不是委託人嗎？那真正的委託人是誰？」

「福爾摩斯先生，請原諒我無法回答您這個問題。因為我來這裡之前，已經做出承諾，絕不會透露委託人尊貴的大名。」

爵士停頓了一會兒，繼續說道：「等我回去的時候也必須向他報告，我直到最後一刻都沒有說出他的名字才行。因為那

位尊貴的委託人希望您幫忙的這件事，不是只為了自己，更是為了崇高的理想，絕不是為了沽名釣譽。」

說完這些，爵士又馬上補充：「當然，他會全額支付調查的費用，以及應該給您的謝禮。至於要如何調查都任由您決定，我們絕不會多說一句。既然如此，委託人叫什麼名字，其實一點也不重要吧！」

但福爾摩斯斬釘截鐵地說：

「不好意思，我的解謎方式向來不是如此。如果不先解開另一個謎題，也就是委託人到底是誰的話，就無法順利解決問題。很遺憾，我只能婉拒這個任務了。」

達梅里爵士看起來苦惱極了，一臉愁容的表情，顯露出他的失望與慌張。

過了一會兒，他像是下定決心似地說：

「福爾摩斯先生，您可知您的拒絕是多麼殘忍的一件事嗎？拜您所賜，我必須自行判斷該怎麼做才好。倘若我一五一十地告訴您，您肯定會高高興興地接下這項委託。但我已經答應委託人，無論如何都不會說出他的名字，真是傷透腦筋。既然如此，我能說多少算多少好嗎？」

福爾摩斯聽了這番話，仍然半步不讓，但也鬆口表示：

「我不敢保證聽完以後，就會接下這份差事。但是如果您這麼說，代表您自己同意這個條件，那我就姑且聽聽吧。」

「沒問題！」

達梅里爵士點頭同意，開始話說從頭。

「首先，您聽過達．梅爾維爾將軍的名字嗎？」

「您是指在開伯爾隘口之役，一戰成名的達．梅爾維爾將軍嗎？我當然聽過他的大名。」

「將軍有個嬌俏可愛的女兒，名叫紫羅蘭．達．梅爾維爾，家境富裕又有才華，無論從哪方面來看，都是挑不出缺點的好姑娘。實不相瞞，我們正打算從那個惡魔般的男人手中救出這位惹人憐愛，不懂得懷疑別人的女孩。」

「也就是說，那位小姐受到格魯納男爵的吸引，對那個男人百依百順嗎？」聰明的福爾摩斯立刻找到問題點。

「正是。我想您也知道，那個男人是世間罕見的美男子。任何女孩面對他，總是難以抗拒的被吸引。不僅如此，他還具備迷人的風采、悅耳的聲音，以及不可思議的神祕氣質，簡直是致命的魅力男。據我所知，不管是什麼樣的女人，只要被那個男人鎖定，肯定就難逃於股掌，甘願為他付出一切。」

福爾摩斯不解：「話說回來，那傢伙為何能靠近像紫羅蘭．達．梅爾維爾小姐這種地位崇高的女性呢？」

「聽說事情發生在搭乘遊艇橫渡地中海的時候。雖然有資格參加這趟航行的人，都是主辦單位精挑細選的貴賓，但是實際上，只要能負擔得起費用，任何人都能報名。於是，不知情的主辦單位因為不了解男爵的真面目，讓他上船參加了。等到發現不對勁的時候，已經來不及阻止。」

爵士邊嘆氣邊解釋：「那個惡棍纏著紫羅蘭小姐，成功地吸引了她的注意力。直到紫羅蘭小姐愛上他，對他迷戀到了言語難以形容的地步。聽說現在只要一天見不到他，就會心亂如麻、坐立難安。

旁人苦口婆心地警告她，那個男人不是好人，她都聽不進去。大家用盡各種方法想讓她清醒過來，可惜全都白費工夫。總之，紫羅蘭小姐下個月就要嫁給男爵了。她已經長大成人，具有鋼鐵般不屈不撓的意志，家人也拿她沒辦法。」

「紫羅蘭小姐知道男爵在奧地利犯下的案子嗎？」

「那傢伙很狡猾，早就先下手為強，一五一十地告訴紫羅蘭小姐關於自己的過去。他還厚顏辯稱世人批評自己是個惡棍，但一切都不是他的錯，自己才是受到惡意中傷的被害人。紫羅蘭小姐對他說的話深信不疑，不管旁人怎麼勸說，她都當耳邊風。」

「原來如此，不過您剛才的一番話已經暴露委託人的名字了。委託人不是別人，正是達．梅爾維爾將軍吧？」

達梅里爵士坐立不安地在椅子上扭動了幾下，說道：

「福爾摩斯先生，如果我說是，或許就能輕易取信於您，但事實上，委託人另有其人，因為達．梅爾維爾將軍如今已經是個病人了。

即使是那麼勇敢的軍人，這次的事件也讓他深受打擊。他在戰場上是那麼地驍勇善戰，但現在也已經提不起精神，成了一個束手無策的平凡老人，完全喪失力氣，無法與那個年輕狡獪的奧地利人周旋。

委託我的人不僅與將軍是多年好友，也是從小把紫羅蘭小姐當成自己女兒般疼愛的人，實在無法眼睜睜地看著悲劇發生在她身上。

但是這件事也不方便拜託警察廳出面處理。那個人思前想後，最後決定向您求助。如同我剛才強調過的，那個人不希望自己出面的事被別人知道，才會提出無論如何都不要洩露名字的條件。

當然，福爾摩斯先生，相信以您的本事，只要追查我，要找出這位委託人想必易如反掌。但此事關係到那個人的名譽，所以我只能說到這裡，可以請您不要再追究下去嗎？」

福爾摩斯臉上浮現神祕的微笑，說道：「如果是這個請求，我可以答應，而且我對您委託的事件本身也很感興趣。這件事就包在我身上吧！請問接下來該如何與您保持聯繫呢？」

「請打電話到卡爾頓俱樂部，如果有什麼急事也可以直接打我私人的電話。」

福爾摩斯在膝上攤開筆記本，記下他說的號碼，接著臉上又浮現神祕的微笑說：

「您知道格魯納男爵現在人在哪裡嗎？」

「他在金斯頓附近的巴農小屋，雖然名為小屋，其實是座大豪宅。不知道他從哪裡賺來的黑心錢，成為了暴發戶，光是這點就代表這傢伙不簡單。」

「他現在還住在那裡嗎？」

「是的。」

「除了剛才說的事情以外，您還聽過哪些關於這個男人的傳聞嗎？」

「聽說他的興趣都很花錢，首先是騎馬，他曾經在赫林漢姆俱樂部騎馬踢木球，也跟人比賽馬球。但是自從布拉格事件傳出不好的風聲後，他就無法再參加了。

目前熱衷於蒐集古書及繪畫，我認為他還挺有藝術天分的，印象中，他算是小有名氣的中國陶瓷器專家，還寫了一本相關的書。」

福爾摩斯點點頭說：「看樣子他的性格多變，是個複雜的男人呢，作姦犯科的大壞蛋基本上都是這種類型。像是與我交手多年的查爾斯．皮斯就是小提琴高手；溫萊特也是不容小覷的藝術家，這種人要多少有多少。

好了，詹姆斯爵士，您可以回去轉告委託人，我願意正面迎戰格魯納男爵。不過目前還說不準具體要怎麼做，需要進一步蒐集情報，但我會盡力而為。」

福爾摩斯的得力助手

詹姆斯・達梅里爵士離開後，福爾摩斯有很長一段時間動也不動，整個人陷入沉思，彷彿連我的存在都忘得一乾二淨。

過了半晌，他才有如從夢中醒來似地興沖沖說：

「對了，華生，你有什麼想法？」

「我想想，首先，你應該去見見那位可愛的女性。」

「你在說什麼呀？華生，就連那位心碎神傷到令人同情的老父親都無法改變她的心意了，我這個外人說的話又能起什麼作用？萬一其他方法都行不通，我再考慮試試你的建議吧！我想先嘗試別的方法。事不宜遲，我要請辛維爾．強森助我一臂之力。」

這是第一次提到辛維爾．強森這號人物，因為我最近甚少記錄福爾摩斯大顯身手的事件。事實上，自本世紀（二十世紀）初起，這個男人就是福爾摩斯非常重要的左右手，幫他處理過非常多事件。

實不相瞞，強森原本是惡名昭彰的危險人物，兩次被關進帕克赫斯特監獄。後來洗心革面，與福爾摩斯聯手，潛入倫敦的犯罪社會，為福爾摩斯蒐集情報，他蒐集到的情報多次在福爾摩斯破案時幫上大忙。

如果是警方的間諜，應該三兩下就露出馬腳了。幸好福爾摩斯請強森幫忙的案子後來都沒有鬧上法院，因此大家都沒有發現他是福爾摩斯的同伴。

更何況，強森曾兩次入監服刑，可見他絕不是泛泛之輩。

無論是夜總會、便宜的旅館或是賭場這些龍蛇混雜的場所，強森都能如入無人之境。而且觀察力十分敏銳，頭腦也很聰明，是非常適合蒐集情報的人選。

而這個男人——就是夏洛克．福爾摩斯現在的幫手。

可惜我無法馬上與福爾摩斯一起行動，因為我還有醫生的工作要處理。即便如此，我們仍約好會合的時間與地點，到了當天晚上，我前往辛普森餐廳與福爾摩斯見面。

福爾摩斯坐在店門口窗邊的小桌前，看著岸濱街上熙來攘往的人潮，告訴我那天後來發生的事。

「強森現在正在幫我四處調查，肯定能從犯罪者潛伏的世界找到什麼線索。格魯納男爵的祕密應該就藏在那裡，得先揭穿他的陰謀才行。」

「可是就算知道男爵在籌謀什麼壞事，紫羅蘭小姐也會視而不見吧？難道你有什麼新發現能改變她的想法？」

「這個只有天知道了，俗話說『女人心，海底針』，男人再怎麼研究也搞不懂。連殺人這種重罪都能原諒，還以為她對犯人的容忍度很高，但有時候卻會為微不足道的小事大發雷霆，格魯納男爵也是這樣……」

「慢著！你跟男爵見過面了？」

「是啊，我還沒告訴過你，關於我的計畫嗎？華生！我想正式迎戰那個男人，當面直視他的雙眸，親自判斷他是什麼樣的人。我向強森說了這個想法之後，便駕馬車前往金斯頓，男爵非常親切地迎接我喔！」

「他知道你是福爾摩斯嗎？」

「當然知道，因為我遞出名片，他也收下了。他真的是值得過招的對手，個性有如冰塊般冷靜，聲音也如綢緞般輕柔，態度則殷勤得像是你的同行——廣受好評的醫生，但骨子裡其實是有毒的眼鏡蛇。

那個男人具有天生的犯罪才能，是犯罪者中貨真價實的貴族，表面上優雅地喝著下午茶，骨子裡卻有如惡魔般殘酷。沒錯，我很慶幸自己這麼早就注意到阿德爾伯特．格魯納男爵。」

「你說他的態度很殷勤？」

「就像貓看到老鼠，悄悄嚥了口水一樣，那男人的殷勤，遠比直接的暴力更加可怕。首先，光是打招呼就充滿了那男人的風格。

『我也覺得我們遲早會見面喔，福爾摩斯先生。』

然後他又說：

『不用說也知道，你來找我是受了達．梅爾維爾將軍的委託，想阻止我和他女兒紫羅蘭的婚事吧？我有猜錯嗎？』

我以沉默表示默認。

想不到——你知道那男人怎麼說嗎？

『這真是辛苦你了，但此舉只會破壞你好不容易累積起來的名聲喔！這不是你能處理的案子，只會讓你白忙一場。不僅如此，你可能還會因此惹禍上身，給你一個誠心的忠告，立刻收手比較好。』

我也不甘示弱地回答他：

『瞧你說的這是什麼話！同樣的忠告，我原封不動地還給你。我從以前就對你的聰明才智充滿敬意，今日初次見面，我對你的敬意益發強烈了，男爵。

我今天來是想跟你聊一些男人間的話題，沒有人想揭發你的過去，讓你覺得不愉快。那些事都已經過去了，你現在也過著平靜的生活。只不過，如果你執意要與紫羅蘭小姐結婚，等於是給自己樹立了無數的強敵，到最後，你可能無法繼續待在英國，這樣也無所謂嗎？

你有必要執意如此嗎？沒錯，乖乖收手，放棄那位女士才是明智之舉。你也不希望過去做的壞事，一件又一件地被翻出來，傳進她的耳裡吧？』

男爵的鼻子底下蓄著一小撮鬍子，抹上蠟，看起來活像昆蟲的觸角。

他拈著自己的鬍鬚，一臉充滿玩味地聽我說話。待我說完，男爵笑容滿面地說：

『不好意思，我忍不住笑出來了，福爾摩斯先生。因為你的一舉一動實在是太好笑了，就像手裡一張好牌都沒有，還想加入牌局的賭徒。不過，這也不能怪你，換成任何人都一樣。話說回來，我不禁有點同情你，連一張點數大一點的牌都沒有，不僅如此，還拿了一手爛牌。』

『你真的這麼想嗎？』

『不必逞強了，裝傻也沒用，既然如此，我就挑明說吧！我手裡有一張好牌，告訴你也無妨，幸好我能讓那位女士打從心底愛上我，而且還是在我一五一十地向她坦承過去那些不幸的事件之後喔！

如今又有人不懷好意，想找我的麻煩，我說的就是你——

福爾摩斯先生。我已經提早告訴她，有人準備加油添醋地抹黑我，也教她應該如何回答了。

你聽過利用催眠術讓對方認定那就是事實的做法嗎？福爾摩斯先生，你應該知道被催眠的人會有什麼反應。如果由能力強大又優秀的男人出馬，根本不需要用什麼把戲，也不用搞什麼大陣仗就能施加催眠術。

紫羅蘭正等著你大駕光臨，她一定會見你。畢竟除了我們要結婚這個微不足道的問題以外，她對父親可以說是言聽計從、千依百順。』

就是這樣，華生，我實在是談不下去了，只能盡量不讓對方看出我的沮喪，冷靜撤退。然而，當我正要伸手開門時，那傢伙出聲叫住我：

『話說回來，福爾摩斯先生，你知道法國有一位名叫盧．布朗的偵探嗎？』

『知道啊！』我回答。

『你知道那個人後來怎麼樣了嗎？』

『聽說他在蒙馬特被印地安人攻擊，其中一條腿瘸了。』

『沒錯，不知道是什麼奇妙的因緣，那個偵探在被攻擊的一週前開始調查我。福爾摩斯先生，你也要小心點，以免落得相同的下場喔！我可不是危言聳聽，因為已經不只一兩個人發生類似的遭遇了。你有你的路，我也有我的路要走……這是我對你最後的忠告，再見！』

如此這般，華生，以上是截至目前的進度報告。」

「好危險的男人啊！」

「再也沒有比他更危險的人了，我不怕他的威脅，但那傢伙做出來的事，絕對比他說的話可怕百倍。」

「你非得接下這個委託嗎？那傢伙與紫羅蘭小姐結婚是這

麼糟糕的事嗎？」

「就是這麼糟糕的事，因為那傢伙真的狠心殺害了上一位夫人，再加上委託人的身分也不容我拒絕。不過，這件事現在就先不提了，喝完這杯咖啡後，一起去我家吧！依照辛維爾的辦事效率，肯定已經掌握到重要線索了。」

到了福爾摩斯的家，果然如他所說，那個高頭大馬、紅光滿面，看起來相當特別的男人正等著我們。他的皮膚非常粗糙，彷彿有病在身，唯有一對炯炯有神的黑眼珠散發著精光。只要看到他的雙眼，就能明白這個男人其實是個滴水不漏、做事非常可靠的聰明人。

看樣子他已經成功地潛入犯罪者的世界，而旁邊的沙發上則坐著一名妙齡女子。

女人的身材十分窈窕，情緒似乎很激動，蒼白的表情顯得有些鑽牛角尖，外貌雖年輕，臉上卻刻劃著後悔與悲傷的痕跡。看著她的表情，馬上就可以想像——她這幾年肯定過著非常不愛惜自己的生活。

辛維爾．強森朝我們招手，向我們介紹那位妙齡女子。

「這位是凱蒂．溫特小姐，沒有凱蒂不知道的事……嗯，還是由她本人親口來說吧！我接到您的電話，不到一個小時就找到這個人了。」

妙齡女子迫不及待地開口：

「要找到我實在太容易了，畢竟我一直待在這個地獄，沒錯，待在倫敦。我跟這位辛維爾肥仔是同一個世界的人，我們已經認識很久了，對吧？肥仔！不過啊，我就直說吧，如果世上有所謂的正義，有個人比我們更應該墜入無間地獄，福爾摩斯先生就是在追查那個人吧？」

福爾摩斯微微一笑。

「也就是說，妳願意助我一臂之力嗎？溫特小姐。」

「如果能把那個男人丟進他該去的地方，豈止是一臂之力，我願意助你兩臂、三臂之力。」

凱蒂．溫特小姐滔滔不絕地說著。

她一臉蒼白、鑽牛角尖的表情，犀利的眼神充滿強烈的憎恨，別說女人了，就連在男人臉上也很少看到這種表情。

「請別追究我的過去，福爾摩斯先生，總之，是不值一提

的過去。可是我之所以淪落至此，都是阿德爾伯特．格魯納害的。沒錯，只要能扯下那個男人！只要能把那個男人拖進曾經讓許多人落入的陷阱，我什麼事都願意做！」

凱蒂雙手握緊拳頭，用力揮舞。

福爾摩斯順勢說道：

「想必妳已經知道這次事件的來龍去脈了？」

「辛維爾肥仔都告訴我了，聽說那傢伙又追到一個可憐的笨女人，而且這次還要結婚。你們想阻止這樁婚事，對吧？

你很了解那個惡魔，想阻止正經人家的純真小姐與那傢伙一起站在牧師面前立下婚約，我說的沒錯吧？」

「問題是，現在那位小姐已經失去理智，徹底迷戀上那個傢伙。對方明明已經一五一十地告訴她自己犯的罪，但是她卻絲毫不在意。」

「她也知道那傢伙殺人的事嗎？」

「知道。」

「這未免太瘋狂了！那女孩實在頑固！」

「她認為那些都是造謠，不肯接受。」

「把證據推到她面前如何？這麼一來總該清醒了吧！」

「只能這麼辦了，所以妳願意幫我嗎？」

「我就是最好的證據！要是能安排我們見面，由我親自告訴她，關於我受到的折磨……」

「妳願意出面嗎？」

「這是什麼傻問題？我有什麼理由不願意出面？」

「這麼一來，確實值得一試。問題是，那傢伙幾乎已經坦承自己做過的一切壞事，但那位小姐都原諒他了，就算老話重提，小姐大概也聽不進去。」

凱蒂說：

「我就是要告訴她，那傢伙才沒有向她坦承一切呢！世人只知道他犯下一樁驚天動地的殺人案，但除此之外，那傢伙可能還殺了其他人。

他一向用那種甜得膩死人的嗓音說話，有一天，本來以為他要說別人閒話，結果卻突然直勾勾地看著我說：

『那個男人的壽命也只剩下一個月了。』

而且他說這句話的時候連眉頭都不皺一下喔！可是我並沒有放在心上，因為當時我已經愛上他了，跟這次的傻女人一樣。在我眼中，那傢伙從頭到腳都是優點。

只有一次，我受到很大的打擊，要是當時沒有被那傢伙的甜言蜜語欺騙，那天晚上我明明有機會逃走的！那傢伙有一本可以上鎖的筆記本，咖啡色的皮革封面，還以金箔蓋上那傢伙的章。我猜他當晚喝了很多酒，所以放鬆戒心，否則不可能讓我看那種東西。」

「什麼東西？」

「就是那本筆記啊！福爾摩斯先生，那傢伙像是在蒐集蝴蝶或蛾的標本，喜歡蒐集迷戀自己的女人，然後向別人炫耀。那本筆記就是他的收藏品紀錄，還貼上照片，包括名字在內，內容寫得十分詳細，若不是親眼看到，我實在不敢相信，再怎麼低俗的男人也做不出來這種事！

可是阿德爾伯特．格魯納卻真的做出如此令人髮指的事。甚至可以為那本筆記取個標題——『身敗名裂的仕女』。可是，就算知道這件事也於事無補吧！如果無法拿到那本筆記也是沒用，幫不上你的忙。」

「那本筆記本在哪裡？」

「現在我不知道，畢竟我跟那傢伙已經分手一年以上，不過我知道他以前放在哪裡。那個男人非常謹慎又有潔癖，說不定現在還放在房子最裡面的書房內，一張舊桌子的抽屜，你知道那傢伙的住址嗎？」

福爾摩斯回答：

「我進去過他的書房。」

凱蒂嚇了一大跳。

「哇！明明才剛開始辦案，福爾摩斯先生，你的動作好快，看來阿德爾伯特這次是真的要踢到鐵板了。外面的書房是用來展示中國陶瓷器，窗戶與窗戶間有個大玻璃櫃，桌子後面有扇門，門後面才是最裡面的書房，裡頭空間很小，塞滿了各式各樣的文件和那傢伙的東西。」

「這是一種防盜措施嗎？」

「阿德爾伯特才不是那種會擔心小偷上門的膽小鬼呢！再怎麼恨他入骨的人都會同意這點。他很會保護自己，夜晚設有警報器，而且書房裡也沒有任何值錢的物品，頂多只有稀奇的陶瓷器。」

這時犯罪專家辛維爾．強森插嘴：

「沒有人會偷陶瓷器，一來不能像金塊那樣熔化，二來是若不經特殊處理，只會變成無法脫手的廢物，就連專門買賣贓物的人也不收。」

福爾摩斯點頭表示同意：

「一點也沒錯，溫特小姐，可以請妳明天傍晚五點再過來一趟嗎？在那之前，我會依照妳的建議，安排妳與那位小姐見面。我由衷感謝妳的協助，不用我說，委託人應該也會送上可觀的謝禮……」

「別這麼說，福爾摩斯先生。我這麼做不是為了錢，只要能看到那傢伙身敗名裂，讓我能一吐怨氣，這樣就夠了。豈只明天，只要你一天不放過那傢伙，無論何時何地，我都會來幫你，反正辛維爾肥仔知道我在哪裡。」

之後我便離開福爾摩斯家，直到第二天晚上我們才又碰面。

那天晚上，我們一起在岸濱街的餐廳共進晚餐。

我詢問他與紫羅蘭小姐見面的狀況。福爾摩斯聳聳肩，開始說明。

不過，福爾摩斯的回答聽起來毫無情緒，就只是陳述事實而已。因此以下請容我用稍微有溫度、比較貼近現實生活會用到的語氣為各位整理。

福爾摩斯先是描述：

「要見到紫羅蘭小姐其實很簡單。因為這次的婚約實在太忤逆父母了，她為了彌補關係，其他事全都耐著性子，對父親千依百順。

當我接到將軍的電話，表示我可以去拜訪之後，那位凱蒂・溫特小姐便風風火火地準時出現，我們在老將軍位於伯克利廣場一〇四號的宅邸前下馬車，時間剛好是五點半。

那座宅邸是一棟陰森森、死氣沉沉的建築物，就像倫敦隨處可見、灰撲撲的城堡，連周圍的教堂都比不上。

僕人帶我們走進拉上黃色窗簾的寬敞客廳，紫羅蘭．達．梅爾維爾本人正等著我們。她的臉色鐵青、表情冰冷，感覺是個非常難以親近的人，打個比方，就像住在深山的雪女。

華生，直到現在，我仍不知道該怎麼形容她，事件落幕前，你應該也有機會見到那位女士，到時候再交給你的文采來發揮了。她長得確實很美，卻也美得不像是這個世間的人，有點像是在凝視遠方、心無旁騖的虔誠之美。

這麼說來，我經常在中世紀的名畫裡看到這樣的表情，我實在無法想像，男爵那種衣冠禽獸是怎麼把這位美得不像話的女士迷得神魂顛倒。你肯定也知道的，美女與野獸、野蠻人與天使，完全相反的類型反而會深深受到彼此吸引。但就算是你，恐怕也沒見過這麼南轅北轍的例子吧！

紫羅蘭小姐當然知道我們登門拜訪的理由，因為那個壞蛋早已先下手為強，跟她說了很多我們的壞話，唯獨看到溫特小姐時，她似乎有些震驚。

即便如此，她仍不動聲色，鎮定得有如虔誠的女子修道院院長。她就像迎接兩個病入膏肓的苦行僧，指示我們坐下，反而是我們有點受寵若驚。『華生，如果你想成為響叮噹的大人物，最好向紫羅蘭．達．梅爾維爾小姐看齊！』

至於紫羅蘭本人說的話，就像從冰山吹來的風，冷若冰霜且無情。

『歡迎兩位大駕光臨，久仰福爾摩斯先生的大名，您今天來是為了破壞我與格魯納男爵的婚事吧？

我之所以與您見面，是礙於家父的強烈要求，不得不答應。我醜話說在前頭，不管您說什麼，都無法改變我的心意。』

聽到這裡，我反而覺得紫羅蘭小姐很可憐，有那麼一瞬間，我甚至把她當成自己的女兒了。我是個不擅言詞的人，比起動之以情，我更習慣講一堆大道理來說服人。可是，唯有那一刻，我想盡可能展現真心，用比較有感情的詞彙來打動這位單純的小姐。

我拚命向她解釋，若結婚後才發現那個男人不只是雙手沾滿血腥的殺人犯，同時也不是真心愛她的話，將有多麼悲慘。這樁婚姻會成為丟人的笑柄，帶來恐懼、痛苦和絕望……一字一句都是我的肺腑之言，說得我口水都乾了。

可是，無論我再怎麼苦口婆心，她那張象牙白的臉龐始終

沒有一絲血色，夢遊般的雙眼亦沒有一絲感情。事到如今，我總算知道那個惡棍用催眠術施加的『暗示』有多麼厲害，紫羅蘭小姐就像在夢中，心不在焉地聽我們說話。

而且她的答案再清楚不過。

『我耐著性子聽完您的長篇大論了，福爾摩斯先生，不過，就像我開頭說的，我的心意並沒有任何改變。我的未婚夫——阿德爾伯特是個在風雨中前行的人，他為此受到很多人痛恨、風評不佳，這些我早就知道了。

希望您能適可而止，過去已經有太多人陸續跑來跟我說他的壞話，您大概也是基於一片好心。然而，聽說您是花錢即可僱用的偵探，在我看來，只要錢給得夠多，您就會反過來站在男爵那邊吧？

不管怎樣，我深愛著那個人，那個人也愛我。無論世人怎麼說，聽在我耳中，就像小鳥在窗邊鳴叫，起不了任何作用，希望您能明白這點。如果有人想詆毀那位高尚的人，我一定會拉他一把，幫他恢復原來的風采，這是我的任務。』

說完之後，她將視線轉移到凱蒂身上。

『請問這位年輕的女士是？』

我正準備回答，凱蒂小姐已經迫不及待地站起來，用足以颳起龍捲風的氣勢，主動開口自我介紹。這兩位女士完全呈現了火與冰相碰的結果。

只見凱蒂．溫特小姐滔滔不絕地發表演說：

『順利的話，我原本將成為那傢伙最後的女人！我就是被那個人百般糟蹋和欺騙，利用完就棄如敝屣的上百個女人之一，妳肯定也會落得跟我們一樣的下場。不過，妳應該不是被當垃圾一樣拋棄，而是進入墓地。死了倒也一了百了，我告訴妳，妳這個笨女人，和那傢伙結婚當天就是妳的死期，只差在是一刀刺進胸口而亡，還是扭斷頸椎而死，那傢伙或許會先幫妳選好。

我對妳說這些話，並不是因為我關心妳，妳是死還是活？全都與我無關。我只是恨透了那個男人，我要讓妳知道那傢伙曾經對我做了什麼事。

可是，隨便妳，我不管了，誰叫妳要用那種表情瞪我。不管妳是多嬌貴的千金大小姐，一旦失去利用價值，妳肯定會變成比我更悲慘的女人。』

達．梅爾維爾小姐不當一回事地說：

『我不想再跟你們爭論這件事，我也有很多話想說，但只簡單說幾句。回顧那個人一路走來的人生旅途，可以分成三個時期，我知道他某段時期被不好的女人糾纏，但無論他當時犯下多大的錯，現在都已經真心悔改了，我可以保證。』

溫特小姐大聲吼叫：

『哪來的三個時期！妳這個傻女人！傻到不能再傻了！』

紫羅蘭小姐的態度也變得不近人情。

『福爾摩斯先生，今天就到此為止吧！因為家父交代我一定要見您，我只好勉為其難與您見面，但我想我沒必要聽這個

女人胡言亂語。』

聽到這句話，溫特小姐突然撲向達・梅爾維爾小姐，要是我沒有立刻抓住她的手腕阻止她，怒不可遏的凱蒂肯定已經抓住紫羅蘭的頭髮了。我將凱蒂拖到門口，幸好她在馬路上大鬧之前，就先被我塞進馬車裡。

雖然沒有像凱蒂這麼憤怒，但我也非常火大。我們明明是好意提醒她，但她不只態度冷酷，還表現出一副無關緊要的冷淡態度，簡直是熱臉貼冷屁股，不生氣才奇怪。

事情就是這樣，這麼一來，你也明白截至目前的來龍去脈了，既然這個方法行不通，就得想別的辦法。對了，華生，我遲早一定會需要你，所以請隨時跟我保持聯絡，我猜對方應該很快就會找上門。」

福爾摩斯說的沒錯，他們很快就找上門了。雖說是他們，不過此事應該與紫羅蘭小姐無關，所以應該說，阿德爾伯特．格魯納男爵來了。

事情發生在我與福爾摩斯談完話的兩天之後。在格蘭飯店與查令十字車站中間，有個缺了一條腿的報販會固定在那裡賣晚報。直到今天，我都還記得自己經過那裡的時候，瞄到報販手裡拿的標語牌。當下簡直氣得吹鬍子、瞪眼睛，我甚至能指出看到那塊標語牌的瞬間，腳底下踩著哪塊石頭。

面前的標語牌貼著黃色的紙，紙上用黑色的墨水寫著怵目驚心的新聞……

夏洛克．福爾摩斯遭暴徒襲擊。

看到標題時，我全身的血液都衝到腦門了，一時半刻反應不過來，忘記要付錢就搶過晚報來看，結果被報販抓著罵。我趕緊付了錢，站在藥房門口反覆閱讀那篇報導，因為實在太震驚了，所以我只記得大致的內容。

那篇報導的內容如下：

知名私家偵探夏洛克．福爾摩斯今晨受到暴徒襲擊，目前尚未釐清箇中細節。只知道福爾摩斯昨天深夜十二點左右，在攝政街的皇家咖啡館前被兩名暴徒以木棍襲擊，頭部及其他部位都受到足以致命的重傷。

據醫生透露，傷勢十分嚴重，當時他立刻被送往查令十字

醫院，但本人堅持回貝克街住所靜養。

襲擊福爾摩斯的犯人，穿著打扮十分稱頭，行兇後撥開看熱鬧的圍觀群眾，躲進皇家咖啡廳，接著往後巷的玻璃屋街潛逃。推測可能是因為福爾摩斯過去的活動或傑出的推理而吃虧的那些人，預謀進行的報復行動。

看完那篇報導，我趕緊跳上朝我駛來的馬車，趕往貝克街福爾摩斯的住所。

抵達目的地時，有輛自家用的馬車停在門口，走進屋內，只見有名的外科醫生萊斯利．奧克肖特爵士正要回去。

奧克肖特醫生對我說：

「現階段沒有生命危險，頭部有兩處很深的傷口需要縫合，還有多處遭到痛毆的瘀痕。我已經幫他注射嗎啡了，先讓他靜養一會兒，如果你只是要見他五、六分鐘的話，倒也不是不行。」

得到醫師的許可後，我走進漆黑的房間探望他，百葉窗放下四分之三，斜陽從窗縫照射進來。

福爾摩斯睜開雙眼，以嘶啞的聲音虛弱地喊我的名字，腦袋包著白色的紗布，滲出紅色的血跡。

我在他的枕邊坐下，靜靜凝視他的臉。

福爾摩斯氣若遊絲地說：

「別露出那麼擔心的表情嘛，華生。我還挺得住，沒有外表看起來這麼嚴重。」

「太好了，那我就放心了！」

「你也知道，我學過一點棒術，應該能保護自己，只是沒想到其中一個壞蛋比我還厲害。」

「如果有什麼我能幫上忙的地方，儘管告訴我。想也知道是那傢伙指使的，只要你一聲令下，我立刻帶人衝過去，撕下那傢伙的面具！」

「謝謝你，華生。但是不行，倘若警察不肯出面，光憑我們是拿他沒辦法的。再說，那傢伙肯定早就已經準備了退路，事先計劃好一切了。

暫時先靜觀其變吧！我也不是毫無想法，當務之急是先盡量誇張我的傷勢。大家應該會去你那裡打聽我的狀況，你就說最多只能撐上一個禮拜，腦震盪也好、昏迷不醒也罷，總之，形容得越嚴重、越誇張越好。」

「問題是，萊斯利．奧克肖特醫生知道實情不是嗎？」

「這點不用擔心，我只讓他看了傷勢嚴重的部分，所以不用擔心他會拆穿你。」

「除此之外，還有什麼事是我能做的嗎？」

「我想想，可以麻煩你打電話給辛維爾．強森，請他轉告溫特小姐先避避風頭嗎？那群喪心病狂的傢伙知道她站在我這邊，此時此刻應該紅了眼準備找她。他們既然敢攻擊我，想必也不會放過她，這事不能拖，可以請你今晚就跟他聯絡嗎？」

「我馬上去，還有別的事嗎？」

「把菸斗拿出來放在桌上，再幫我填入菸絲，感激不盡。請你每天早上都來找我，我們要來擬訂作戰計畫了。」

我當天晚上就跟強森聯絡了，請他幫忙安排溫特小姐到僻靜的郊外躲一躲，直到危險解除為止。

後來整整六天，全世界都以為福爾摩斯快死了，因為就連奧克肖特醫生也說福爾摩斯處於性命垂危的狀態，再加上新聞報導繪聲繪影，寫著「福爾摩斯恐怕過不了這關」。

唯有每天去探望的我，知道他根本沒有那麼嚴重，福爾摩斯的身子骨原本就很強壯，意志也很堅強，所以能創造奇蹟。

因為他恢復得實在太快了，我甚至懷疑他的傷勢其實比我看到的更輕，該不會連我也被騙了吧？福爾摩斯本來就有愛搞神祕的壞習慣，經常事後才讓人大吃一驚，就連我這個好朋友也常常不知道他在打什麼主意。

內心的盤算最好別讓任何人知道，才能順利進行。因此，即使我比任何人都更親近他，總覺得我們之間仍有一條難以跨越的鴻溝。

第七天，福爾摩斯拆線。可是那天的晚報卻反過來說福爾摩斯的傷口化膿了。而且除了報導福爾摩斯的傷勢，晚報上面還有另一則令人難以忽略的消息。

阿德爾伯特．格魯納男爵的名字出現了！在本週五將從利物浦出發的皇后郵輪「羅利塔尼亞號」乘客名單上面。他要趕在迎娶達．梅爾維爾將軍的獨生女紫羅蘭之前，去美國處理一樁非解決不可的金錢糾紛。

在我朗讀報導的過程中，一旁的福爾摩斯全程臉色鐵青，貌似大受打擊。

專心聽完這則報導後，福爾摩斯大喊：

「本週五？豈不是只剩下三天嗎！那傢伙可能意識到危險，打算逃之夭夭了！想得美！我絕不會讓他逃走的！華生，輪到你上場了！我有事要拜託你。」

「儘管說，不用客氣。」

「那麼接下來的二十四小時，請你務必專心學習中國陶瓷器的知識。」

福爾摩斯只說到這裡就沒有再說明下去了，我也沒多問，認識他這麼多年，我早就知道這種時候——照做就是了。

我立刻離開福爾摩斯家，走在貝克街上，心裡琢磨著為何非得學習中國陶瓷器的知識不可。

想了半天也想不出個所以然，我放棄思考，跳上馬車，前往位於聖詹姆斯廣場的倫敦圖書館，向圖書館的副館長，同時也是我的朋友洛馬克斯講了這件事，並借了一疊參考書回家。

中國的陶瓷器研究

印象中，如果星期一要請很難對付的專家出庭當證人時，律師通常得拚命熬夜，因為要背一堆法條才能上法院應戰。臨時抱佛腳的結果，打完官司還不到一個禮拜的星期六，那些臨時塞進腦中的知識就全忘光了。

雖然我沒打算當個陶瓷器專家，但是那天的我從早到晚都泡在書堆裡，第二天也繼續苦讀中國陶瓷器的書。直到中午，總算記住了各式各樣的名詞。

我主要是背誦一些有名的藝術品或裝飾品的特徵，以及動不動就改來改去的年號、明朝洪武帝時代的陶器模樣、明朝永樂帝時代的圖案之美，以及清朝督陶官唐英的書法。

除此之外，還有關於宋朝及元朝等朝代所製造，各種美不勝收的陶瓷作品知識。等到第二天晚上，我去找福爾摩斯時，腦中已經塞滿了中國的陶瓷器知識。

看報紙的人大概永遠也不知道，福爾摩斯已經可以下床走動了，而且還泰然自若地坐在他最喜歡的扶手椅裡，用手扶著纏滿繃帶的頭。

「喂喂喂！福爾摩斯，報紙寫說你快死了。」

「對呀！正合我意，話說回來，華生，你學習得如何？」

「只能說我盡力了。」

「這樣就行了，待會兒提到中國的陶瓷器時，你可以保證不露出破綻嗎？」

「勉勉強強吧。」

「麻煩你把放在壁爐架上的小木盒拿過來。」

福爾摩斯打開蓋子，小心翼翼地從小木盒裡拿出用東洋絲綢包得密不透風的物品，掀開絲綢，是一只美得絕無僅有的深藍色小碟子。

「華生，小心點，這是如假包換的明朝薄燒瓷器，就連佳士得拍賣中心都不曾出現過這麼美的藝術品。我只有這個碟子，要是湊成一整組，大概可以贖回一個國王了。話說回來，除了北京的紫禁城以外，能不能湊到一整組還真難說。如果對方是懂中國瓷器的人，看到這個應該會興奮到發瘋吧！」

「你想做什麼？」

福爾摩斯遞給我一張名片，上面印有「半月街三六九號，希爾．伯頓醫師」。

「這是你今晚的名字，帶著這張名片去找格魯納男爵，我調查過那個男人的藏身之處，他八點半會回家。你先寫信給他，說你有一組價值連城的明朝瓷器，今晚會去拜訪，請他幫你鑑定一下。

名片上的頭銜是醫師，而你也真的是醫師，所以應該不至於露出破綻，反而更能得心應手。你跟他說，你也是中國的瓷器收藏家，剛好得到稀世珍品，聽說男爵也是收藏家，只要男爵肯出個好價錢，也不是不能賣他。」

「要賣多少錢才好呢？」

「真是個好問題，要是不知道自己帶去的商品價值，還稱得上是收藏家嗎？立刻就會露出馬腳。這個盤子是我向達梅里爵士借的，推測是委託人的收藏品，說它是空前絕後的珍寶也不為過。」

「既然如此，整組帶去給專家鑑價如何？」

「今天頭腦很靈光嘛，華生。要是能拜託佳士得拍賣中心或蘇富比幫忙就好了，你可得小心點，千萬別洩露底價。」

「萬一他不見我怎麼辦？」

「放心，他一定會見你，那傢伙是中國陶瓷器的狂熱收藏家，而且對陶瓷器的知識是全世界都服氣的。

你先坐下，我告訴你信怎麼寫，你照著抄，沒有回信也不要緊，只要讓他知道，你今晚去找他的理由就行了。」

我照他的吩咐，完成一封文情並茂的信，內容簡單扼要又誠懇，只要是收藏家，收到這封信一定會迫不及待地想跟對方見面。我立刻請信差送信，到了晚上，將希爾·伯頓醫師的名片放進口袋，帶著那價值連城的碟子，獨自踏上冒險之旅。

格魯納男爵的豪宅從建築物到庭園全都美輪美奐，達梅里爵士說的沒錯，這傢伙肯定是個超級有錢人。

馬車穿過大門，行駛在蜿蜒曲折的馬車道上，兩旁是成排美不勝收的植栽。不一會兒，就來到鋪滿鵝卵石，到處裝飾著雕像的廣場。

這棟豪宅是南非的礦王在景氣最好的時候蓋的，樓面不高、水平延伸的建築物，在四個角落各有一座小塔。以一般人的眼光看，是很奇特的建築物，但是富麗堂皇，相當氣派。

迎接客人的管家一臉肅然，說是教堂的主教也有人會相信，他吩咐穿著天鵝絨制服的僕人帶我前去男爵所在的書房。

格魯納男爵站在兩扇窗戶中間，陳列著中國陶瓷器的大型展示櫃前。櫃門開著，男爵手裡拿著咖啡色刀柄，見我走進去，他也不放下刀柄，自顧自地回頭說：

「醫生，歡迎光臨，請坐。我正在欣賞我珍貴的收藏品，心想接下來是什麼寶貝要加入這個陣容。

你瞧瞧，這個唐代的小玩意兒如何？這是七世紀的東西，你一定也很感興趣吧！我猜你應該沒看過作工和光澤都如此深沉的好東西。對了，你帶來信裡說的明朝小碟了嗎？」

我小心地打開包袱，將小碟交給他。男爵面向桌子重新坐好，天色暗了，男爵把檯燈拉近，目不轉睛地盯著小碟。

利用昏黃的燈光，我可以盡情觀察男爵的臉。確實是個絕世美男子，難怪全歐洲都誇他長得俊俏，個子雖然不高，但身段十分優雅，看起來能屈能伸。

膚色微黑，有點像東洋人，烏溜溜的大眼睛看起來懶洋

洋，似乎在思索些什麼，難怪女人會為他神魂顛倒。頭髮和鬍子都是黑色的，鬍鬚很細，使用蠟油抹順，尖尖翹翹的。

單看外表，輪廓分明，甚至還有幾分討喜的感覺。只有一點異於常人——薄薄的嘴唇抿成一條線，這肯定就是殺人犯的嘴唇。

這薄唇看起來就像在臉上劃出一道開口，無疑是危險訊號，讓犧牲者死也死得明白。明知此人性格殘忍、無血無淚，為什麼不覺得自己有危險呢？大概是因為鬍鬚直勾勾地往上翹，毫無掩飾地露出嘴唇吧。

他的聲音也很迷人，從頭到腳都挑不出毛病，年紀看上去約三十出頭，後來才知道，他其實已經四十二歲了。

男爵著迷地盯著碟子看了好一會兒，半晌後才嘆氣說：

「真好看，確實是上等貨！你在信上寫到家裡還有其他相同的小碟子，剛好湊成一組。這款世上少有的珍品，我從沒聽過有人能湊成一整組，今天真是大開眼界了。我曾聽說英國有出現與這玩意兒不相上下的好東西，但物主應該不會拿出來賣。恕我無禮，想請教一件事，希爾．伯頓醫師，請問你是怎麼拿到這個寶物的？」

我盡可能裝成不想讓別人聽見的模樣，反問他：

「有什麼問題嗎？只要知道這是什麼東西不就好了嗎？看過的人都問我要多少錢才肯賣，出了高價等著要買呢！」

格魯納男爵的黑眼珠閃過一絲狐疑的神色。

「愈來愈神祕了，要買下這麼昂貴的東西，調查清楚來龍去脈不是應該的嗎？我知道東西是真的，這點沒有任何問題。不過，天曉得會不會有其他問題？凡事多想一點準沒錯，要是後來才發現這根本不是你的東西，我找誰討公道啊？」

「你擔心的事絕對不會發生，我敢打包票。」

「那誰來為你打包票？」

「你可以去問我的往來銀行。」

「有道理，銀行一定會為你掛保證，但我總覺得這筆生意有點怪怪的。」

我若無其事地說：

「要不要買是你的自由，只是我聽說你是中國陶瓷器的專家，所以才第一個來找你，但是要找到其他買家應該也不難。」

「你怎麼知道我是中國陶瓷器的專家？」

「你不是出過這方面的書嗎？」

「你看過？」

「沒有。」

「等等，這麼一來我就更無法理解了，這件事也越來越可疑！你是專家，而且還是能夠拿到這麼貴重的寶物收藏家，卻連我寫的專業書都不看，不是很奇怪嗎？」

「我沒有那個美國時間，畢竟我的正職可是醫生。」

「你沒有回答我的問題，只要有興趣，再忙都會拋下工作來研究，我記得你信上寫說你正在研究中國陶瓷器？」

「是的。」

「既然如此，請恕我冒昧地問你幾個問題，因為你的說詞越來越可疑了，醫生……不，如果你真的是醫生的話。

首先，我想請教你關於聖武天皇知道多少？你知道聖武天皇與奈良正倉院的關係嗎？如何？這麼簡單的事，你該不會不知道吧？那我換個問題，請你說明一下北魏與陶瓷器的歷史有何淵源？」

我假裝生氣地從椅子上站起來。

「你也太沒禮貌了吧！我大老遠拿這項寶物給你看，卻得像小學生似的接受測驗。我的知識或許沒有你淵博，但你也不能這麼失禮，就算我知道，也不想回答你！」

男爵盯著我看了好一會兒。先前那股懶洋洋、若有所思的神色已經從他的眼神裡消失了，換成炯炯有神的目光，掀起殘忍的薄唇，露出潔白的牙齒。

「你是間諜吧！來這裡做什麼？你是福爾摩斯的手下吧？你們有什麼陰謀？我懂了，莫非是因為那傢伙命在旦夕，所以才派間諜來讓我看這玩意兒啊！哼，太瞧不起人了！你別以為能夠毫髮無傷地回去！」

男爵怒髮衝冠，一躍而起。凶神惡煞的樣子，不禁讓人擔心接下來他將做出什麼可怕的事，或許我在接受測驗的時候就已經露餡了。結論是，我無法騙過這個男人。

男爵打開書桌抽屜，伸手進去粗魯地翻找。這時，屋內好像發出了什麼聲音，我站在原地，豎起耳朵仔細聽。

「啊！」

男爵先是大叫，隨即又「啊！」了一聲，從後面的門衝進裡面的房間。我也追上去，三步併成兩步地鑽進開啟的門縫。

當時的光景至今仍歷歷在目，面向庭園的窗戶大開著，臉色蒼白的夏洛克．福爾摩斯就站在窗邊，頭上綁著滲血的繃帶，看起來跟幽靈沒兩樣。

然而下一瞬間，福爾摩斯就從窗口逃出去，窗外的月桂樹沙沙作響。格魯納男爵親眼目睹這一切的發生，當場氣得破口大罵，衝向敞開的窗口。

就在那一刻！雖然只有一瞬間，我仍看得清清楚楚，有一隻貌似女人的手臂，從月桂樹的樹叢裡不聲不響地伸出來，下一瞬間，男爵「啊！」地大聲尖叫，那聲音慘絕人寰，至今仍在我的耳邊迴盪。

男爵雙手捧著自己的臉，發了瘋似地滿屋子亂跑，發出驚

天動地的哀號聲，整個人重重倒在地毯上，痛苦掙扎。

「水！救命啊！快給我水！」

我抓住旁邊桌上的水瓶，潑向他。管家及幾名僕人聽到動靜也從大廳趕來。

直到今時今日，我仍忘不了當時的狀況，我蹲在地上，將男爵的臉轉向燈的方向時，其中一個僕人嚇得當場暈了過去。

硫酸灑滿整張臉，從耳朵及下巴滴滴答答地往下滴落，其中一隻眼睛已經被燙得泛白了，另一隻眼睛則又紅又腫。剛才那張令我讚嘆不已的俊俏臉龐，此刻就像用髒抹布抹過精美的

畫作，完全失去原本的風采，眼睛和鼻子都變形、變色了，慘不忍睹，簡直跟厲鬼沒兩樣。

我只能簡短告訴趕來的管家等人，他被潑了硫酸，於是有人立刻從窗戶跳出去、有人衝向草坪，但外頭一片漆黑，甚至還開始下雨。

過程中，男爵不斷地謾罵、詛咒犯人。

「是那個女人搞的鬼！可恨的凱蒂．溫特！可惡！魔鬼！給我記住！我一定不會放過妳！啊，好痛！痛死我了！」

我先往受傷的臉上抹油，然後在表皮已經損壞，露出紅肉的地方放上脫脂綿，最後再為他注射嗎啡止痛。

男爵緊緊抓住我，突如其來的衝擊似乎讓他忘了對我的懷疑。儘管雙眼緊閉，多少還能看得見，只見他用死魚般的眼睛直勾勾地仰頭望著我。

我明明應該要同情他，卻不覺得他可憐，因為我知道這個男人過去幹過哪些壞事，如今落得這麼悲慘的下場也是活該。

就連他那雙緊抓著我，紅腫受傷的手也令我頭皮發麻。幸好管家帶了專業醫生趕來，這裡總算沒我的事了。

接著警察也到了，我遞出真正的名片，因為警察廳的人都認識我，就跟認識福爾摩斯一樣，這時就算遞出另一張名片也瞞不住任何人。

好不容易，我總算能離開這棟詭異、陰森的宅子，用不到一個小時，我就回到了貝克街。

福爾摩斯一如往常地坐在椅子上，臉色蒼白，看起來累壞了。本來就已經受傷尚未痊癒，再加上今晚的騷動，他似乎也有點吃不消。

我告訴福爾摩斯，男爵的臉已經沒救了，福爾摩斯聽得心驚，喃喃自語地說：

「這就是所謂的『多行不義必自斃』吧！我就知道遲早會變成這樣，誰叫他要做那麼多壞事。」

福爾摩斯從桌上拿起咖啡色的筆記本。

「這就是溫特小姐說的筆記本，要是這個還不能阻止他們的婚事，你認為還有什麼方法可行？相信這一定能讓紫羅蘭小姐打消結婚的念頭。看了這本筆記，只要是有一點自尊心的女人，應該都無法忍受，好強的她就更不用說了。」

「是那個男人與女性的愛情日記嗎？」

「不是，如果是溫特小姐口中的獵艷紀錄倒還好，但這不重要，筆記叫什麼名字都無所謂。我從她口中知道這玩意兒的存在，心想要是能得到這本筆記，等於得到威力強大的武器。當時還以為不小心對她說溜嘴了，怎知她一臉茫然未覺的模樣，不過要怎麼弄到手，倒是費了我一番心思。

幸虧有那場襲擊，男爵應該認定我已經去掉半條命了，不再對我有所戒備，我心想，這下子機會來了。原本不想操之過急，無奈他就要去美國了，我不得不加快腳步，那個男人不可能留下這麼危險的日記，所以必須馬上採取行動。

話雖如此，那傢伙非常謹慎，很難從他手上偷走筆記本。

但是到了晚上，只要能轉移他的注意力，或許就有機會，這就是我拜託你帶著藍色的小碟子去找他的用意。

問題是，必須確實掌握筆記本藏在哪裡才行。而且光是靠你臨時抱佛腳，勉強記下的陶瓷器知識，頂多只能絆住那傢伙一點點時間。

於是我思前想後，決定請溫特小姐幫忙。只可惜我沒有注意到，她悄悄藏在大衣底下的東西居然是硫酸。我還以為她是來幫我的，怎知溫特小姐也有自己的計畫。」

「男爵看穿我是你派去的間諜了。」

「這就是我要的效果，而且你表現得很好，他不想輕易地放你走，這點也給了我找出筆記本的時間。

嗨！詹姆斯．達梅里爵士，您來得正是時候。」

看來這位紳士接獲通知，馬上就趕來了。

詹姆斯．達梅里爵士專心聽著福爾摩斯說明事件的來龍去脈，當福爾摩斯講到一個段落，立刻大聲叫好：

「做得好！我只有三個字可以形容，那就是『做得好』，福爾摩斯先生。但是就如華生博士所說，那傢伙受了這麼重的傷，或許根本不需要用上這本可怕的筆記就能阻止親事。」

福爾摩斯搖頭說：

「這招對紫羅蘭小姐這種女性沒用，看見受重傷、可憐兮兮的被害人，她只會更憐惜對方。就算把他打殘廢了，也改變不了她的心意，我們必須從精神層面將那個男人逼入絕境。

只要看了這本筆記內容，紫羅蘭小姐一定能清醒，除此之外，您認為還有其他辦法可行嗎？筆記裡的每個字都是那個男人的筆跡，就算是想護短，她也否認不了。」

詹姆斯．達梅里爵士捧著那本筆記和珍貴的碟子，站起來準備離開。我也待得夠久了，便跟他一前一後告辭。

走出福爾摩斯家，達梅里爵士的馬車在門口等著，爵士身輕如燕地跳上馬車，對著穿制服的車夫下令後，就這麼揚長而去。雖然達梅里爵士刻意從窗戶垂下半截外套，試圖蓋住馬車門外的家徽。即便如此，我仍然可從車窗透出來的光，隱約看到了那枚徽章。

我不由得大吃一驚，倒抽一口氣，急忙回頭衝上二樓，闖入福爾摩斯的房間。

「我想我知道委託人是誰了！你聽了可別嚇到喔！委託人竟然是……」

我大聲嚷嚷地想向他宣布這個天大的消息，沒想到福爾摩斯舉起一隻手打斷我。

「他是身分非常崇高的友人，擁有騎士般的正義感，目前就先點到這裡為止吧！這樣就夠了，不是嗎？」

我不知道格魯納男爵究竟是何方神聖，也不知道那本鐵證如山的筆記將會用在什麼地方，只知道達梅里爵士肯定會擺平一切問題。為了不傷害紫羅蘭小姐，大概會交給她的父親達．梅爾維爾將軍全權處理，不管怎樣，想必都能發揮作用。

三天後，早報登出了阿德爾伯特．格魯納男爵與紫羅蘭．

達・梅爾維爾小姐取消婚約的消息。

同一份報紙也報導了因為潑硫酸的傷害罪，被告上法院的凱蒂・溫特小姐，她在警察法院接受第一次公審的情況。

這場官司揭露了溫特小姐的悲慘遭遇，讓她為了報仇不惜犯罪，因此法官酌情，只判了傷害罪的最輕懲罰。

夏洛克・福爾摩斯也差點因為偷東西被告上法院，但是考慮到他入室行竊的理由，加上委託人是有頭有臉的人物，即使是以冷酷無情聞名的英國法律也為他網開一面，福爾摩斯總算逃過站在法庭上接受審訊的命運。

第二話

消失的王冠寶石

The Adventure of the Mazarin Stone, 1921

喬裝高手

對華生醫生而言，久違地造訪位於貝克街某建築物二樓，踏入那個亂七八糟、卻又充滿回憶的房間，是一件非常高興的事，因為那裡是無數事件與冒險的起點。

華生懷念地看著掛在牆上的科學圖表、受腐蝕的化學藥品工作檯、立在牆角的小提琴，以及裝著菸斗和香菸等物品的容器。

最後，華生看到精神抖擻、朝他微笑的比利。幸虧有這位聰明伶俐的少年當助手，讓原本沉默寡言、愛鑽牛角尖、總是獨來獨往的名偵探福爾摩斯不至於太寂寞。

「一切都跟以前一樣，比利，你看起來都沒變，福爾摩斯呢？他還好嗎？」

比利憂心忡忡地看了福爾摩斯的寢室一眼說：

「嗯，還好，不過老師好像還在休息。」

這時已經是明媚夏日的晚上七點了，但華生早就知道福爾摩斯的生活不規律，所以並不怎麼擔心。

「也就是說，有什麼事件發生嗎？」

「是的，老師現在正忙著處理那件事，我好擔心他的身體啊！老師變得好瘦，臉色也不太好。最麻煩的是，他什麼東西都不吃。

哈德遜夫人問他：『你幾點要吃飯？』他居然回答：『後天早上七點半好了。』老師專心想事情的時候都是這樣嗎？」

「沒錯！比利，他都是這樣的。」

「老師現在正在追查某個人，他昨天喬裝成失業的勞工出門，今天則打扮成老太太，即使我知道老師的變裝技術十分高明，也差點認不出來呢！」

比利指著收攏在沙發上的大陽傘，補充說明：

「那就是打扮成老太太的道具之一。」

「比利，到底是什麼事件？」

比利壓低聲線，彷彿要透露什麼國家級的重大事件。

「我想應該可以告訴華生醫師，但您千萬不要告訴任何人喔！就是那起王冠寶石案。」

「什麼！那起價值十萬英鎊的竊案嗎？」

「正是，非得把失竊的東西找回來不可，所以首相和內政大臣都來找福爾摩斯老師！他們就坐在那張沙發上，老師很恭敬地接待他們，答應他們會盡力而為，請他們放心。沒想到，那位坎特米爾公爵……」

「咦，那個人也來了？」

「對呀！您知道這代表什麼意思吧？雖然實在不應該這麼說，但是那個人好討厭喔！即使首相大人地位崇高，他都願意跟我好好說話，內政大臣的態度也很溫和。

但坎特米爾公爵實在太過分了，我猜福爾摩斯老師也這麼想。他一點也不相信老師，壓根兒就反對委託老師處理這次的事件，不僅如此，他還希望老師失敗。」

「福爾摩斯知道這件事嗎？」

「沒有什麼是福爾摩斯老師不知道的事。」

「那福爾摩斯肯定能成功破案，對坎特米爾公爵還以顏色，挫挫他的銳氣！話說回來，比利，那扇窗戶掛的窗簾是怎麼回事？」

「那是福爾摩斯老師三天前親自掛上的，窗簾後面有個很好玩的東西呢！」

比利快步走上前，掀開用來擋住窗戶凹陷處的厚重窗簾，展示給華生看。

華生忍不住「哇！」地驚呼一聲。

因為那裡有個穿著睡袍，跟福爾摩斯長得一模一樣的假人，就像是福爾摩斯本人坐在扶手椅裡，低著頭、側臉朝向窗外，正在看書的模樣。

比利扯下假人的頭，把它高高舉起來。

「為了讓別人相信這是老師本人，我和老師經常要轉動臉的方向。不過只有在放下百葉窗的時候才能這麼做，如果不放

下百葉窗，從馬路對面就會被人看得一清二楚。」

「這麼說來，福爾摩斯以前也利用過這種假人呢！」

「那是我來這裡以前的事吧？」

比利邊說邊把窗簾拉開一條縫，低頭望向底下的街道。

「有人正從馬路對面監視這裡，您瞧，就是那扇窗戶。」

華生正要往前跨一步時，寢室的門開了。瘦瘦高高的福爾摩斯走出來，臉色十分蒼白，看起來似乎有點憔悴消瘦，但實際上還是跟以前一樣，舉止很有精神、充滿活力。

福爾摩斯搶先一步走到窗邊，放下百葉窗。

「這樣才對，比利，你差點就沒命了。聽好了，要是你現在出了什麼事，我會很傷腦筋的，所以一定要小心點。好久不見！華生，歡迎回老家，你來得正好，事情剛好要進入最險惡的階段。」

「看樣子好像是。」

「比利，你先退下。華生，我正煩惱著要拿那孩子怎麼辦才好？不知道該讓他涉險到什麼地步。」福爾摩斯看著比利的背影，小聲說道。

「到底有多危險？」

「隨時都有可能被攻擊，也會有生命危險，而且今晚好像就要出事了。」

「你是說今晚會有什麼動靜嗎？」

「我可能會被殺。」

「喂！福爾摩斯，這個笑話一點也不好笑！」

「雖說我沒什麼幽默感，但如果要開玩笑，我會開得更高明一點。廢話少說，先讓我輕鬆一下，喝點小酒應該沒關係吧？蘇打水和雪茄都放在原本的位置。

來，華生，快坐在你以前經常坐的那張椅子吧！該不會因為我無法戒掉你不喜歡的香菸和雪茄，所以你不想待在這裡？最近我都以抽菸來代替吃飯。」

「你為什麼不吃飯？」

「因為肚子餓的時候，腦筋比較靈光。華生，你也是醫生，想必能明白我的意思，為了消化食物，血液都跑到腸胃，不會流到腦部。頭腦就是我的全部，其他部分對我而言只是附加價值，所以頭腦清醒一定要擺在第一順位。」

「話說回來，到底有什麼危險？」

「哦，那件事啊！你可能也會遇到危險，所以或許也讓你知道犯人的名字和地址比較好，萬一有什麼風吹草動，請通報警察廳，告訴他們我盡力了，接下來就交給警方。

犯人叫沙維士，內格雷多．沙維士伯爵，你先寫下來吧！可以現在馬上寫下來嗎？西北區莫爾希德花園一三六號，你寫好了嗎？」

華生一向藏不住情緒，立刻露出擔憂的表情，因為他比誰都清楚，福爾摩斯這個人總是置身於險境，也知道福爾摩斯從不誇大其詞，甚至他每次都會盡量表現得若無其事。

但華生也是個勇敢的男人，既然都聽聞此事了，就算再危險，他也絕不會退縮。這次也立刻下定決心，要與福爾摩斯同進退。

「這個案子也讓我幫忙吧，我這兩天剛好有空。」

「誠實一向是你的優點，但如今你也學會說謊了嗎？我一眼就看出你是個患者絡繹不絕、忙得不可開交的醫生。」

「最近沒有重症患者，而且短時間內也抓不到那傢伙吧？」

「別擔心，華生。我們很快就可以抓到他了，所以那傢伙現在也很焦慮呢！」

「既然如此，為什麼不馬上動手？」

「因為還不知道寶石藏在哪裡。」

「原來如此，你想要找回消失的王冠寶石？」

「沒錯，那是顆珍貴的寶石，雖然只要撒網就能捕魚，但就算揪出犯人，如果沒辦法拿回寶石，還是白費力氣。將那傢伙繩之以法確實能讓社會變得更和諧，但那不是我的目的，我的目的是拿回那顆寶石。」

「你要我寫下的沙維士伯爵就是其中的『一條魚』嗎？」

「沒錯，不過他可是會咬人的『鯊魚』。除此之外，還有拳擊手山姆．墨頓，但不用怕那傢伙，他只是伯爵的走狗罷了。身材雖然魁梧，動作卻很遲鈍，腦袋空空，只配用來當誘餌的小魚，在我撒下的網裡手忙腳亂地掙扎。」

「那位沙維士伯爵人在哪裡？」

「今天早上我打扮成老太太，一直巧妙地跟在他旁邊，他還幫我撿過一次陽傘，對我說：『夫人，妳的傘掉了。』或許是因為他的父親或母親是義大利人，心情好的時候就像南歐人那樣活潑開朗，不過一旦生起氣來，就會化身成惡魔，性格非常陰晴不定。」

「萬一被那傢伙識破，豈不是很危險嗎？」

「或許吧！我一路跟著沙維士伯爵去到舊倫敦市內，位於米諾利斯的工廠。老闆斯特勞本齊是製作空氣槍的高手，他製作的空氣槍品質精良，命中率極高。那傢伙現在應該就趴在對街那戶人家的窗後，拿著空氣槍瞄準這邊。

華生，你有沒有看到窗口那個假人？啊！比利已經給你看過了嗎？沒錯，不曉得子彈什麼時候就會飛來射穿這顆聰明的腦袋。嗯？比利，這次又有什麼事？」

比利走進來，手裡的托盤上有一張名片。

福爾摩斯看了那張名片一眼，挑起眉毛，臉上浮現出愉快的微笑。

「這是他本人給我的名片，我也沒想到事情會變成這樣，一切算是水到渠成吧？我已經做好心理準備要見他了，這傢伙還真是大膽。華生！或許你也聽過這傢伙的風評，他是狩獵高手，創下了獵物數量紀錄，名氣十分響亮。這傢伙想把我的名字加進他的狩獵清單，這也可以證明他已經知道我盯上他了。」

「趕快報警！」

「我遲早會這麼做的，但現在還不行，你可以從窗口偷偷觀察一下，是不是可以看到有人在路上閒晃？」

華生戒慎恐懼地掀開窗簾一角，往外窺探。

「嗯，有個看起來很凶狠的男人正在門口走來走去。」

「那傢伙就是山姆．墨頓，奉沙維士伯爵之命辦事的人，可惜腦袋不太靈光……比利，客人在哪裡？」

「在會客室。」

「等我按鈴就讓他進來。」

「好的，老師。」

「就算我不在房裡也不礙事，你只管帶他進來。」

「好的，老師。」

確定比利已經退下，並把門帶上後，華生急切地說：

「我也要留下來，福爾摩斯，我不能就這樣回去，眼睜睜地看你落入險境。萬一對手被逼急了，狗急跳牆，不知道會做出什麼事，說不定真是來殺害你的。」

「我才不怕呢！」

「總之我會守在你身邊。」

「你的存在很棘手。」

「會讓那傢伙很棘手嗎？」

「不，是對我很棘手。」

「但我也不能丟下你。」

「不，你可以的。你過去行事從未失手吧？這次肯定也能大顯身手。那個男人來找我，想必有什麼企圖，既然如此，我們也必須擬訂作戰計畫，不能讓他得逞。」

福爾摩斯說完，立刻撕下一頁筆記本，飛快地寫上兩、三行字，然後交給華生。

「可以請你駕馬車幫我跑一趟倫敦警察廳，把這個交給搜查課的尤古爾警官，然後帶他過來這裡嗎？這麼一來就能逮捕那傢伙了。」

「沒問題，包在我身上。」

「我會在你回來之前，弄清楚寶石的下落。」

福爾摩斯一邊按鈴，一邊對著華生說話。

「我們從寢室溜出去吧。家裡有另一個出口真是太方便了。可惜不能讓對方知道，不然真想看看『鯊魚』的表情。你還記得這個方法吧？」

如此這般，福爾摩斯與華生使出金蟬脫殼之術，下一刻，沙維士伯爵在比利的帶領下，走進人去樓空的房間。

惡中之惡

伯爵是狩獵的專家，也是運動健將，更是喜愛玩樂的名人。皮膚黝黑、體格壯碩，在鼻孔外擴的大鼻子下方蓄著黑色的翹鬍子，看起來有如禿鷹的喙子般尖銳。殘忍的薄唇，則藏在茂密的鬍子底下。

他身上的服裝華麗，打著花俏的領帶，上頭別著鑲有閃亮寶石的別針，還戴著珠光寶氣的戒指，看起來十分招搖。

伯爵一踏進房間就反手關上房門，忐忑不安地以銳利眼神四下掃射，提防著未知的陷阱。當他發現朝向外面的窗邊椅子，上頭有顆動也不動的頭顱，還露出半截睡袍衣領時，忍不住驚訝地吸了一口氣。

起初他只是臉上浮現意外的表情，殘忍的黑眼珠隨即露出駭人的凶光。只見他再次往四周看了一圈，確定沒有人注意之後，突然舉起拐杖，躡手躡腳地靠近。

就在他稍微彎下腰，正要揮下拐杖時，彷彿是要嘲笑他的冰冷嗓音，突然從敞開的寢室門口響起。

「住手，伯爵！請不要破壞我的傑作！」

準備行凶的伯爵嚇得臉色大變，腳步蹣跚地後退。他回頭一看，朝向聲音的主人——而不是假人——揮下灌了鉛的拐杖。但福爾摩斯灰色的眼眸始終不慌不忙，甚至浮現略帶輕蔑的笑意，伯爵彷彿被他的氣勢震懾，自然而然地放下手。

福爾摩斯走向假人說：

「做得很不錯吧？這是法國有名的蠟像工匠塔維涅的作

品，我認為在製作蠟像的領域裡，他的手藝比你製造空氣槍的朋友斯特勞本齊更優秀喔！」

「什麼空氣槍？你到底在說什麼！」

「請先把你的帽子和拐杖放在那邊的桌上。很好，再來請坐在這張椅子上，然後拿出後腰口袋的手槍，放在那裡，或是你想一直坐在槍上也無所謂。無論如何，你來得正好，我剛好想跟你說說話。」

伯爵的臉色很難看，恫嚇似地挑了挑粗粗的眉毛。

「我也正想和你聊聊，所以今天特地來找你。福爾摩斯，我承認——剛才的確是想毆打你。」

福爾摩斯坐在桌子的邊緣，晃著一條腿。

「我也早就料到你會這麼做，但我不明白的是，你為什麼要視我為眼中釘？」

「因為你做了一些不該做的事，給我添了麻煩，你派手下跟蹤我了吧？」

「我派手下跟蹤你？怎麼可能，絕對沒有這種事。」

「怎麼不可能？我清楚知道有人在跟蹤我，我一定會還以顏色的，福爾摩斯。」

「沙維士伯爵，瞧你說的這是什麼話？如果你想跟我聊天，麻煩在遣詞用字方面要更有氣質，也請不要直呼我的名諱。因為工作的關係，我和警方犯罪名單上面半數的人都打過交道，如果只跟你不親近的話，我們彼此都會不太愉快，對嗎？」

「知道了啦！稱呼你一聲福爾摩斯老弟總行了吧？」

「這還差不多，不過，你剛才說我派手下跟蹤你，這真的是誤會。」

沙維士伯爵嗤之以鼻地哼了一聲。

「別以為只有你最聰明，昨天是上了年紀的工人，今天是

老太太，這些人一直跟在我後面。」

「哎呀，能得到你的肯定，真令我感到榮幸，道森男爵被送上斷頭台的前一晚，為了得到法律的保護，我化身偵探，到處奔走的身影甚至讓戲劇界覺得他們失去了一位優秀的演員。我那不值一提的喬裝打扮能得到大家的讚美，真是不勝惶恐。」

「什麼，那是你喬裝的……你真的是福爾摩斯嗎？」

福爾摩斯以聳肩代替回答。

「你還記得角落那把陽傘吧？是你在米諾利斯附近好心幫我撿起來的陽傘，當時你還沒察覺到異狀呢！」

「要是我知道的話，你早就……」

「早就無法回到這個簡陋的家了，這種事，我比誰都清楚。人們錯過良機時都會覺得很不甘心呢！但也正因為你當時錯過良機，我們才能像這樣見上一面。」

伯爵的眉頭鎖得更緊了，狠狠瞪著福爾摩斯。

「聽你這麼說，我更不能饒過你了，你居然親自變裝跟蹤我！為什麼要找我的麻煩？」

「為什麼？這還用說嗎？伯爵，聽說你經常去阿爾及利亞獵獅子。」

「打獵又如何？」

「為什麼喜歡打獵呢？」

「為什麼？這是一種運動……令人血脈賁張……而且又很危險！」

「你也是為了讓人們免於受到獅子的威脅吧？」

「沒錯。」

「簡單地說，我的用意也是如此。」

聽到這裡，沙維士伯爵氣沖沖地站起身，不動聲色地把手伸向後腰的口袋。

「坐下，伯爵，請你坐下！除此之外，還有更單純的理由，我想得到那顆珍貴的寶石。」

沙維士伯爵聞言坐回椅子，整個人向後仰，臉上露出狡猾的微笑。

「我不懂你在說什麼！」

「但你知道我在追查寶石的下落，今晚也是，你來找我真正的動機其實是想試探我對這件事知道多少吧？也想確認是不是非得除掉我。

事實上，如果我是你，大概也會這麼做吧，誰叫我什麼都知道，除了一件事以外。只不過，我猜你接下來也會主動告訴我，關於那件事的答案。」

「哦，原來如此！所以呢，那件事是什麼？」

「王冠上的寶石現在藏在哪裡？」

伯爵以銳利的眼神瞪著福爾摩斯。

「哈哈！原來你是想知道寶石的下落？問題是，我怎麼可能會知道？」

「不，你一定知道，而且肯定會告訴我。」

「真不知道你在說什麼！」

「裝傻也沒用，沙維士伯爵。」

福爾摩斯凝視伯爵的眼神散發光芒，有如兩把利劍。

「你就像透明的玻璃，我能看透你內心深處的想法。」

「既然如此，你應該知道寶石藏在哪裡不是嗎？」

福爾摩斯眉開眼笑地拍了一下手，有如終於要結束這一切地指著對方。

「你果然知道寶石藏在哪裡，你終於承認了。」

「我什麼也沒承認。」

「伯爵，你如果知道怎樣對自己最有利，應該會在這裡與我進行交易，否則早晚會吃到苦頭。」

沙維士伯爵仰頭望著天花板說：

「裝傻也沒用的人是你吧？」

福爾摩斯看著對方，陷入沉思，宛如西洋棋高手正在思考如何下最完美的一步棋。半晌後，從書桌抽屜拿出一本厚厚的小筆記本。

「你猜這裡頭寫了什麼？」

「我怎麼會知道！」

「寫了關於你的事。」

「我的事？」

「沒錯，伯爵，裡面寫了你的事情，而且是關於你的一切，從你那禽獸般的行為到危險的生活方式。」

伯爵吹鬍子、瞪眼睛地咆哮：

「你胡說什麼！福爾摩斯，我耐著性子想聽你說什麼，沒想到你越說越離譜！」

「我說的一切都寫在這裡，像是……我看看喔……哈洛夫人死亡的真相。她好不容易繼承了遺產，沒多久就失去了位在布萊馬的土地。」

「哼！你到底在說什麼夢話。」

「還有米妮·瓦倫達小姐的死亡全紀錄，你想看嗎？」

「哼！我聽你在胡說八道。」

「還沒完呢！還有一八九二年二月十三日的列車強盜事件，發生在開往里維耶拉的火車上。同一年，還發生了里昂銀行的偽造支票事件。」

「這一定是哪裡弄錯了。」

「也就是說，其他部分都沒錯囉？對了，你是撲克牌高手，當別人手裡拿的都是好牌，你就應該放棄牌局不是嗎？這也是為了不浪費時間。」

「那又怎樣！這跟你說的寶石有什麼關係？」

「你先安靜地聽我說完嘛！別發這麼大的火，我說話的順序可能有點無聊，可是馬上就要進入重點了。如同我前面所說，我已經知道你幹過哪些壞事了，就連你和你僱用的保鑣都是偷走王冠寶石的犯人，我也一清二楚。」

「你可不要胡亂栽贓。」

「不管是去白廳的馬車業者，還是從白廳回來的馬車業者都認識你，當時站在展示櫃旁的警衛也看到你了。不只如此，就連你去找艾奇．桑德斯，想拜託他幫忙切割寶石的事，艾奇也偷偷告訴我了，所以這局我贏定了。」

伯爵的額頭爆出青筋，但這時不要讓人看出自己亂了方寸才是明智之舉。伯爵緊緊握住黝黑的手，微微顫抖，顯然想說點什麼，卻又說不出來。

於是福爾摩斯接著說：

「就這樣，我已經亮出我手中所有的牌了，不過，還有一張牌還沒出現在桌上，那就是鑽石老K。你知道那張牌在哪裡吧？我到現在都還不知道。」

「怎麼可能讓你知道，你想得美！」

「是嗎？我建議你最好冷靜思考，怎麼做對自己比較有利，伯爵。你犯的罪足以讓自己蹲二十年苦窯，山姆．墨頓也是，一旦關進牢裡，就算擁有再昂貴的寶石也沒用。

可是，只要把寶石交給我，我就放你一馬，因為我的目的並不是將你和山姆繩之以法，我只想拿回寶石。

事到如今，你就別再抵抗了，只要把寶石交給我，你就能恢復自由之身，但是要從此洗心革面，要是你又犯罪，到時候我可真的救不了你。反正我現在只有一個要求，就是拿回寶石，讓你接受法律制裁並非我的目的。」

「如果我拒絕呢？」

「我想想……很遺憾，那我只好抓住你，放棄寶石了。」

與此同時，福爾摩斯按鈴，比利走進來。

「伯爵，我也想跟你的朋友──山姆．墨頓商量。畢竟這件事跟他也有關係。比利，門口有個看起來猥瑣的壯漢，你去請他進來。」

「老師，萬一他不肯進來呢？」

「那就硬拖他進來，講話要有技巧一點，只要告訴他，沙

維士伯爵來了，他一定願意來。」

比利離開後，伯爵問福爾摩斯：

「你到底想做什麼？」

「直到剛才，我的朋友華生都還在這裡，我們正好聊到網子裡捕到了鯊魚和小魚的事，現在就是收網的時候，簡直是大豐收啊！」

伯爵站起來，手繞到背後，福爾摩斯也從睡袍的口袋掏出半截雪茄。

「福爾摩斯，你就給我死在床上吧！」

「我也經常覺得自己會死在床上，所以不覺得這有什麼。比起我，伯爵，你才要小心點，因為你可能沒辦法躺在床上死掉，而是吊在絞刑臺上死掉。剛才的建議你考慮一下，別再做垂死掙扎了，為什麼不留著一條小命，好好享受當下呢？」

人稱「惡中之惡」的沙維士伯爵，在他充滿威脅的漆黑雙眼裡，突然閃過一道寒光，活像正要展開攻擊的野獸。

福爾摩斯迅速擺出防禦架勢，因為緊張的關係，他看起來甚至比平常還要高。

儘管如此，福爾摩斯仍保持冷靜，平和地說：

「我說你呀！別把手放在左輪手槍上，就算我露出破綻，讓你有機會先下手為強，你應該也沒有勇氣扣下扳機。左輪手槍其實很不方便，槍聲很大，空氣槍好多了。啊！我聽見你同伴昂首闊步的腳步聲了。

嗨！墨頓先生，你好，一直守在馬路上很無聊吧？」

尋找寶石的去向

山姆．墨頓是位年輕的男人，擁有石頭般強健的體魄，看起來雖然不太聰明，冷淡的表情卻顯現出堅定的意志。這個拳擊手一臉困惑地站在門口，四下張望，彷彿此生以來第一次有人這麼有禮貌地向他打招呼。

即使是不太聰明的墨頓，也能從話語之間感受到福爾摩斯對他的敵意。雖然如此，卻又不知道該如何應對，整個人顯得惶惶不安。

於是墨頓只好望向比自己狡猾許多的伯爵，似乎想請同伴拯救自己。

「這到底是怎麼一回事？伯爵，這傢伙在說什麼？是不是有什麼麻煩？」

他的聲線粗嗄而低沉。

伯爵只是聳聳肩，不發一語。

福爾摩斯替他回答：

「墨頓先生，直接說結論好了，一切到此為止。」

聽到這句話的拳擊手墨頓，仍不為所動地盯著同伴，看也不看福爾摩斯一眼：

「這傢伙在開什麼惡劣的玩笑？我現在可沒有心情跟你開玩笑。」

福爾摩斯繼續接著說：

「我想也是。而且隨著夜色越來越深，我想你應該也會越來越笑不出來。

言歸正傳，沙維士伯爵，我很忙，不想再繼續浪費時間。我先回寢室休息，這段時間，您請自便，就當是在自己家。我離場的話，你也比較方便敞開心胸向你的朋友如實說明，現在是什麼情況。

等待的期間，就讓我用小提琴為兩位演奏一曲霍夫曼的《威尼斯船歌》。五分鐘之後，我會再回來問你們最後的答案。明白我的意思吧？是要被扭送警察局，還是把寶石還給我，請兩位商量決定一下。」

福爾摩斯拿起放在角落的小提琴，消失在寢室。

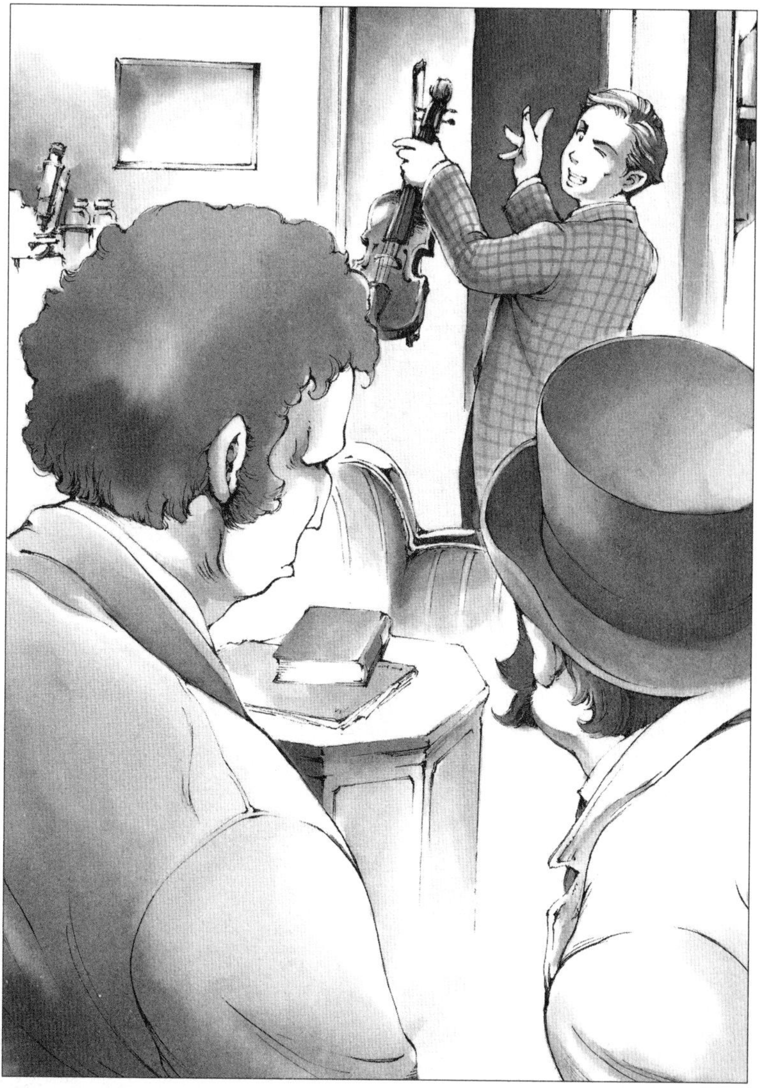

過了一會兒，緊閉的寢室門裡隱約傳來動聽的《威尼斯船歌》旋律，拖著長長的尾韻，餘音繞梁。

墨頓不安的提問，同時伯爵也在第一時間回頭。

「到底是怎麼回事？那傢伙怎麼知道寶石的事？」

「不只知道，而且知道得很詳細，他全都知道。」

「可惡！」

拳擊手墨頓鐵青的臉色更綠了。

「艾奇·桑德斯背叛我們，把事情告訴那傢伙了。」

「那個混蛋！下次再讓我看到，絕對饒不了他！一定要他付出代價，就算會被判死刑也在所不惜。」

「事到如今，誰還有空理他啊！重要的是，我們接下來該怎麼辦？」

墨頓疑神疑鬼地看著寢室。

「且慢！小心隔牆有耳。那傢伙現在該不會正躲在門外偷聽我們說話吧？」

「他不太可能邊拉小提琴邊偷聽吧？」

「這倒是，但說不定有誰會躲在窗簾後面偷聽？話說回來，這裡的窗簾實在是太多了。」

墨頓說完後，開始東張西望，發現窗邊的假人，貌似嚇了一大跳，張著嘴巴，發不出聲音來，只是指著窗口。

伯爵見狀，忍不住出聲罵他：

「有什麼好怕的！那只是假人！」

「真的嗎？嚇死我了，就連杜莎夫人蠟像館都沒有這麼逼真，露出睡袍的部分完全就跟真的一樣，可惜我不喜歡這個窗簾，伯爵。」

「少廢話！誰管你喜歡哪種窗簾啊！沒時間跟你廢話了，萬一弄不好，我們可能都要因為那顆寶石坐牢。」

「那傢伙這樣威脅你嗎？」

「他說只要我願意告訴他偷走的寶石藏在哪裡，他就放我們一馬。」

「什麼！你要告訴他嗎？那可是價值十萬英鎊的寶石。」

「如果不告訴他的話，我們就要坐牢了。」

墨頓抓了抓頭髮剃得短短的腦袋說：

「那傢伙只有一個人吧？要不要乾脆打死他算了，只要除掉那傢伙，就再也沒有人可以威脅我們了。」

伯爵搖頭表示不同意。

「那個男人有武器，不能掉以輕心。而且要是在這裡開槍，反而會逃不掉。更何況，我們也要預防警方已經知道那傢伙掌握到的證據。咦！剛才那是什麼聲音？」

窗口似乎傳來細微的聲音。

兩人嚇了一跳，站起來望向窗口，但是再也沒聽到其他聲音。窗前只有那個詭異的假人，除此之外沒有任何人。

墨頓說：

「大概是馬路上的聲音，話說回來，你可是老大，頭腦那麼好，肯定能想到什麼好主意吧？如果不能除掉那小子，就只能靠腦力決勝負了。」

伯爵語氣自信地回答：

「很多比那傢伙聰明的人都是我的手下敗將，偷來的寶石就藏在這個祕密口袋裡，片刻不離身。今晚從英國帶來，禮拜天再拿到阿姆斯特丹切成四等分，就連福爾摩斯也不知道范．賽達爾的存在。」

「范．賽達爾不是下個禮拜才要出發嗎？」

「對呀！但如今情況有變，只好請他搭下一班船出發了，不是你，就是我，總之我們其中必須有人把寶石送去給萊姆街的范．賽達爾，並告訴他這件事。」

「可是我們還沒有做好萬全的準備。」

「這還用你說嗎！時間緊迫，只能先交給他，然後就交給命運了。」

或許是基於運動員本能，墨頓充滿戒心，伯爵也一直豎起耳朵，眼睛盯著窗口。總覺得好像有什麼聲音，不過應該是從街上傳來的。

伯爵似乎鬆了一口氣，接著說：

「福爾摩斯那傢伙，看我怎麼整他。你也聽到了，那個笨蛋答應我們，只要把寶石交給他，就會放我們一馬，既然如此，就姑且答應他好了。隨便說一個地方，等他發現自己被騙的時候，寶石已經送到荷蘭，我們也離開這個國家了。」

山姆．墨頓笑著拍手。

「真是個好主意。」

「你去找那個荷蘭人，叫他動作快，我留下來騙那個愚蠢的毛頭小子，就說寶石在利物浦好了。」

唉！琴聲聽起來好哀傷，這首歌也太令人靜不下心了，等他去利物浦找寶石，發現寶石不在那裡時，寶石已經切割成四等分，我們也逃到海上了。喂！過來一點，如果從鑰匙孔偷窺，你站在那裡會被看得一清二楚，你瞧，寶石在這裡。」

「你居然敢帶著這種東西在路上走。」

「再也沒有比放在身上更安全的地方了，我們不也從白廳帶出來了嗎？放在家裡難保不會被人偷走。」

「給我看一下。」

沙維士伯爵只是冷冷地瞥了同伴一眼，對山姆·墨頓伸出的髒手視而不見。

「喂！你這是什麼意思，難道你以為我會搶走你的寶石嗎？哼！你還是老樣子，喜歡裝老大，看到你這種態度，就連我也有點火大。」

「別動氣嘛！山姆，我們沒有時間起內訌了，要是你這麼想看這顆珍貴的寶石，讓你看就是了。到窗戶這邊來，舉到光線下欣賞，像這樣。」

「謝啦！」

冷不防，耳邊傳來福爾摩斯的聲音，一旁的假人突然從椅子上站起來，一手抓住寶石，另一隻手拿著槍，不偏不倚地抵著伯爵的頭。

事情發生得太過突然，兩名惡棍大吃一驚，張著嘴巴往後退，不等兩人回過神來，福爾摩斯搶先按鈴。

「別做傻事！兩位紳士，請不要動粗！不要破壞我的家具！想必你們心裡也有數，再掙扎也只是白費力氣，因為大批警官已經趕到樓下了。」

伯爵大驚失色，甚至忘了生氣，也沒想到要擔心接下來的事，只是呻吟般地說：

「這……這到底是……怎麼一回事……？」

「也難怪你會這麼驚訝，兩位可能沒發現，我的寢室有

一扇通往花園的門。移動假人時，我好擔心聲音被你們聽見，但幸運女神顯然站在我這邊。託祂的福，你們都沒發現我在偷聽，我才能收集到非常重要的證詞。」

伯爵擺出放棄掙扎的態度說：

「我完全輸給你了，福爾摩斯，你簡直跟惡魔沒兩樣。」

福爾摩斯恭敬有禮地笑著回答：

「雖然不是，但也差不多了，謝謝你的讚美。」

即使山姆．墨頓的腦袋不太靈光，這下子也終於反應過來，他聽到奔跑上樓的腳步聲，忍不住吶喊：

「閉嘴！可惡！那……那個拉小提琴的渾蛋又是誰？聽！現在還在拉琴，旋律有夠陰森。」

福爾摩斯回答：

「嗯，你說的沒錯，這首曲子確實很陰森，而且現在還在演奏著。不過，得讓它繼續才行，那是用最近發明的留聲機播放的唱片，根本沒有人在拉小提琴。」

警官聲響大作地闖進來，為兩人拷上手銬，塞進等在外面的馬車裡。

與警隊一同趕到的華生留下來為福爾摩斯的成功喝采。

如此這般，福爾摩斯光輝的冒險紀錄又添上輝煌的一筆。

然而，兩人未能繼續討論剛才發生的事，因為才說到一半，比利就跑進來了。

「老師，坎特米爾公爵來訪。」

「比利，請他進來。華生，這位坎特米爾公爵是地位很高的貴族，專門處理皇室的重大問題，為皇室盡心盡力，是很優秀的人才，可惜想法有些守舊，食古不化。如何？要給他來點新的刺激嗎？要不要趁機惡作劇一下？他應該還不曉得發生了什麼事。」

門打開，有個身材削瘦、表情嚴肅的老人走進來，臉型細細尖尖，雙頰留著大鬍子。看起來很傳統的絡腮鬍又黑又亮、充滿光澤，跟他佝僂著背、走路搖搖晃晃的老態形成對比。

福爾摩斯畢恭畢敬地迎上前去，想與他握手，對方卻愛理不理的樣子。

「坎特米爾公爵，您最近過得好嗎？這個季節天氣漸漸冷了，幸好待在室內，感覺不太出來，要不要脫下您的外套？」

「不用了！不必麻煩，不勞你費心。」

福爾摩斯把手放在坎特米爾公爵的衣袖上，繼續說：

「不麻煩，一點也不麻煩，這位是我的朋友華生醫生，他也說最近天氣忽冷忽熱，一定要小心身體。」

坎特米爾公爵面色不善地甩開福爾摩斯的手。

「不用了，福爾摩斯先生，我沒打算久待，我只是來關心你自告奮勇接下的任務進行得如何？」

「這個任務很困難……非常困難。」

「我就知道會變成這樣！」

為皇室服務的老貴族，無論是言語或態度，都擺明了瞧不起福爾摩斯。坎特米爾公爵接著說：

「人類的能力有限嘛！福爾摩斯先生，正因為人類能力有限，才能矯正人類自以為是的弱點，不是嗎？」

「您說得很有道理！公爵，我也正在煩惱，不知道該怎麼辦才好？」

「我想也是！」

「我有一件特別煩惱的事，如果能得到您的鼎力相助，我會非常感激。」

「事到如今，才想借助我的力量，未免也太遲了，聽說你的作風一向是親力親為、獨力完成。話雖如此，我也沒說不想要幫忙。」

「事實上，坎特米爾公爵，我煩惱偷走寶石的犯人能不能真的受到懲罰……」

「在煩惱這個問題之前，你得先抓到犯人……」

「您說的沒錯，實不相瞞，我現在正煩惱該怎麼處理被偷走的寶石。」

「這種事等找到寶石再來討論吧！」

「事先擬訂計畫不是比較好嗎？關於這一點嘛，您認為偷走寶石的證據是什麼？」

「當然是實際持有那顆寶石啊！」

「那麼，換作是您，會逮捕持有寶石的人嗎？」

「當然！」

福爾摩斯很少打從心底笑出來，但這一刻，華生似乎在他臉上看到若有似無的微笑。

「既然如此，公爵，實在很難啟齒——我能逮捕您嗎？」

坎特米爾公爵怒不可遏，那張上了年紀、面色蒼白的臉瞬間恢復年輕時的紅潤，變得紅通通的。

「你太失禮了！福爾摩斯先生，過去的五十年，我為皇室鞠躬盡瘁，從沒有人敢對我這麼無禮，我可是大忙人，手邊有很重要的工作，沒興趣聽你開這麼荒唐的玩笑。

不瞞你說，我打從一開始就沒相信過你的能力，這種事遵循正規的手續，交給警察處理絕對比較可靠，我的想法從頭到尾都沒有改變過。如今看來，我確實是一點也沒錯，我先失陪了，告辭！」

福爾摩斯火速地衝到門口，擋住他的去路。

「請留步！公爵，不同於只是一時持有王冠上的寶石，萬一您真的帶回去了，真的會被問罪喔！」

「福爾摩斯先生，我不會再任你侮辱我了！讓開！」

「請您把手伸進外套的右邊口袋。」

「你說什麼？」

「麻煩您按照我說的話做，把手伸進右邊口袋裡。」

下一瞬間，坎特米爾公爵以顫抖的手拿出閃亮的大寶石，他拚命眨眼，嘴巴也張得大大的，動彈不得。

「怎、怎麼可能？這是怎麼回事？這到底是怎麼一回事？福爾摩斯先生。」

「請您見諒！坎特米爾公爵，事情的原委，您也可以問我的老朋友華生。我只是一時興起，想跟您開個小玩笑，也想讓本案更戲劇化地落幕……在您剛進來的時候，我忍不住把寶石偷偷放進了您的口袋裡。」

老貴族的視線從掌心裡的寶石移到福爾摩斯的笑臉上。

「福爾摩斯先生，你把我嚇出一身冷汗了，這確實是王冠上的寶石沒錯，我代替皇室向你致上發自內心的謝意。

但是請恕我直言，你的玩笑有點過分了，從事情的重要性來看，如果說你是惡意整人，似乎也不為過。不過我也必須乾脆地收回我剛才的批評才行，因為你的手段真的很高明，話說回來，這到底是……」

「事情才解決了一半，細節晚點再說，只不過，坎特米爾公爵，請您把這顆寶石帶回去還給皇室，由您向他們報告物歸原主的好消息。如何？這麼一來，您是不是可以原諒我剛才的惡作劇？

比利，送坎特米爾公爵出去，然後再幫我轉告哈德遜夫人，請她準備兩人份的晚餐。」

柯南・道爾的小故事

——創造出名偵探福爾摩斯的作者

內田庶

成天打架，熱愛圖書館的孩子

「亞瑟，加油！別輸了！」

「就差一點點了，給他致命的一擊！艾迪。」

「加油，亞瑟！艾迪快不行了！」

「艾迪，輸給這傢伙太丟臉了！要把他打得滿地找牙！」

「你說什麼！亞瑟才不會輸給那個沒用的傢伙呢！加油、加油！再給他一拳就贏了！」

各自有支持對象的孩子們吵得不可開交，這也難怪，今天這場架可不只是單純的打架，而是兩個陣營的決鬥。雙方各自派出一個少年，誰輸了，所屬陣營就要對贏的一方言聽計從。

一八六七年，蘇格蘭王國過去的首都，現在洛錫安州的州郡愛丁堡市，有個叫西恩斯山坡廣場三號的地方，事情就發生在這條遠離市中心的巷子裡。

這條巷子是個死胡同，一邊是地小人稠的公寓，另一邊是有院子、美輪美奐的郊外住宅。不用說也知道，一邊住著窮人，另一邊則住著有錢人，孩子們自然分成兩個陣營，動不動就發生衝突，最後演變成今天的決鬥。

地點選在有錢人家的院子裡，窮人的代表是亞瑟（柯南．道爾），有錢人則派出艾迪。

這場架已經打了好幾回合，什麼時候能分出勝負還很難說。雖然兩人都已經筋疲力盡了，尤其是比對方小八歲的亞瑟更吃虧，但亞瑟不管挨了多少拳，依舊不肯向艾迪認輸。

當時的英國是個身分地位比現在更涇渭分明的社會，貴族永遠是貴族，這點和現在差不多，但窮人要變成有錢人遠比現在困難多了。工人的孩子只能是工人；商人的孩子只能是商人，父親做勞力活的孩子幾乎永遠只能做勞力活。

亞瑟的父親在愛丁堡的市公所上班，屬於基層公務員，薪水也很少，跟其他住在公寓裡的人一樣窮。

但亞瑟從不以貧窮為苦，也不覺得自卑。不僅如此，要是有錢人的孩子敢以貧窮為由瞧不起亞瑟他們，無論何時何地，亞瑟都不會放過對方，大家都以為亞瑟是愛打架的少年。

所以這次決鬥絕不能輸，為了自己的尊嚴，也為了同伴，無論如何都要贏，挫挫那群仗著家裡有錢就作威作福的傢伙。

或許是折服於亞瑟不管挨再多拳都不認輸的志氣，艾迪主動發出停戰的哀求：

「亞瑟，今天就到此為止吧！再打下去沒完沒了……改天再決勝負吧……」

既然對方主動求和，就表示自己沒輸。

「好吧，今天算是平手。如果要決勝負，隨時奉陪！」

亞瑟陣營的孩子舉雙手雙腳贊成，相信有錢人家的孩子應該會安分一段時間，這讓他們感覺很有面子。

「亞瑟，做得好！我們來玩吧！」

「不好意思，我還要去別的地方。」

「是圖書館嗎？今天就不阻攔你了，去吧！」

孩子們都很清楚，亞瑟愛打架是一回事，另一方面他也很愛看書。亞瑟向其他人道別，頭也不回地走向圖書館，那裡是亞瑟唯一的遊樂場。

這位名叫亞瑟的小孩，就是後來創造出名偵探夏洛克・福爾摩斯的亞瑟・柯南・道爾。

故事館 057

偵探福爾摩斯：消失的王冠寶石

新裝版シャーロック・ホームズ (1) マザリンの宝石事件

原　　著　柯南・道爾
作　　者　內田 庶
繪　　者　岡本正樹
譯　　者　緋華璃
語文審訂　張銀盛（台灣師大國文碩士）
責任編輯　陳彩蘋
封面設計　張天薪
內頁設計　連紫吟・曹任華

童書行銷　張惠屏・張敏莉・張詠娟
出版發行　采實文化事業股份有限公司
業務發行　張世明・林踏欣・林坤蓉・王貞玉
國際版權　劉靜茹・陳鳳如
印務採購　曾玉霞
會計行政　許俽瑀・李韶婉・張婕莛
法律顧問　第一國際法律事務所　余淑杏律師
電子信箱　acme@acmebook.com.tw
采實官網　www.acmebook.com.tw
采實臉書　www.facebook.com/acmebook01
采實童書粉絲團　https://www.facebook.com/acmestory/

ISBN　978-626-349-737-5
定　　價　320元
初版一刷　2024 年 8 月
劃撥帳號　50148859
劃撥戶名　采實文化事業股份有限公司
104台北市中山區南京東路二段95號9樓
電話：(02)2511-9798　傳真：(02)2571-3298

國家圖書館出版品預行編目資料

偵探福爾摩斯：消失的王冠寶石 / 柯南.道爾原著；內田 庶作；緋華璃譯. -- 初版. -- 臺北市：采實文化事業股份有限公司, 2024.08
208面；14.8×21公分. --（故事館；57）
譯自：新装版シャーロック.ホームズ. 1, マザリンの宝石事件
ISBN 978-626-349-737-5(平裝)

873.596　113008410

線上讀者回函

立即掃描 QR Code 或輸入下方網址，連結采實文化線上讀者回函，未來會不定期寄送書訊、活動消息，並有機會免費參加抽獎活動。

https://bit.ly/37oKZEa

采實出版集團
ACME PUBLISHING GROUP